"十四五"时期国家重点出版物出版专项规划项目

中国一日·美好小康
——中国作家在行动
下册

中国作家协会创作联络部 编

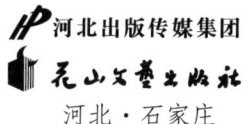

河北·石家庄

下册 目录

情系龙泉关……………………	◎关仁山	269
金银滩…………………………	◎李春雷	280
爱的礼物………………………	◎哲　夫	298
党桂梅的幸福不是一朵花……	◎艾　平	308
光东村…………………………	◎任林举	324
"红三代"的产业扶贫…………	◎潘小平	333
霞浦的美丽事业………………	◎许　晨	341
可爱的神山……………………	◎丁晓平	352
映山红，又映山红（节选）…	◎王　松	359
涧溪春晓（节选）……………	◎徐锦庚	368
敢教日月换新天………………	◎郑彦英	382
重返坡平村……………………	◎丁　燕	391
栗春容：暖老温贫的"大家长"…	◎何炬学	400
凉山热土（节选）……………	◎罗伟章	407
一个人的学校…………………	◎蒋　巍	417

废墟上的涅槃（节选）……………◎次仁罗布　423
青烟袅袅入藏家………………………◎徐　剑　433
初心的力量……………………………◎吴克敬　445
拔河诗笺………………………………◎高　凯　452
从"三茅"到厕所……………………◎秦　岭　465
微笑的日子……………………………◎侯健飞　474
山村巨变………………………………◎觉罗康林　486

情系龙泉关

◎关仁山

　　刘俊亮那时是阜平龙泉关镇镇长,他个头不高,胖圆圆的脸,虎头虎脑,有两只弯弯的笑眼。模样有点儿普通,在人群里一点儿不起眼,但是,该威严的时候,还是非常严厉的。龙泉关镇老百姓幽默地夸奖刘俊亮,生就一副蛮横相,藏着一颗菩萨心。

　　龙泉关镇辖龙泉关、骆驼湾、顾家台、黑崖沟、西刘庄、北刘庄、印钞石、黑林沟、青羊沟、八里庄、平石头、大胡卜几个行政村,54个自然村,土地面积150平方公里,总人口8600余人,耕地10900亩,山地20万亩,是典型的贫困镇。刘俊亮担任镇长时,口头总有一句话:苦不苦,想想红军两万五!几年下来,一番摸爬滚打,村庄巨变,刘俊亮赢得了郝国赤书记的赏识,也得到了老百姓的赞赏,后来被提拔为县人大常委会副主任兼龙泉关镇党委书记。有一天傍晚,人们听见楼道里有人乱嚷:"刘书记,刘书记,老道沟山上起火啦!起山火啦!"

　　楼道里的喊声嘶哑,要死要活的,好像天都塌啦!

　　镇政府的老同志感叹道:"唉,我们太行山上,长点儿树不容易啊，刘书记，你赶紧去安排救火吧！"

刘俊亮头也不回地跑了。心想，这才真是火烧眉毛了，抓紧招呼人上山截火头、灭火！

刘俊亮召集全镇干部会，还有几个村支书也来了，开了个简短的会，大家马上出发老道沟救火！同时，他还让人向县委、县政府汇报，请求消防队的支援！

春天干燥，太行山容易发生山火。每年防火形势都很严峻。由刘俊亮坐镇，大伙儿心里踏实。刘俊亮救火非常有经验，龙泉关镇山上几次大火，基本都是刘俊亮带头扑灭的。山火突发时，只要刘俊亮在，大家心中就有底。灭火过程中，刘俊亮发明了一个绝招，叫打火头！说白了就是以火攻火！在大火没有烧到的前方，烧出一个隔离带，这种打法，成本低，效果好，风越大效果越好，但是，打火头是有诀窍的，隔离带放火点要看风向、地势、点火时间，万一有疏漏，不仅不能让两边大火对冲，而且会烧到自己人，甚至把火情扩大！

这一片着火点，基本是杂树，刘俊亮担心波及梯田上的核桃林、苹果林和蜜桃林。熊熊大火，烧红了天，风飕飕地刮着，火呼呼地响着，风助推了火势的蔓延，大火映得人脸红通通的。刘俊亮抬头，滚滚浓烟，啥都看不见，感觉天旋地转，天在哪，地在哪？

太行山干燥，能够找到的水源有限，基本靠树枝打灭山火。刘俊亮看到这次火情极为严重，想知道大火整体走向。有人说中央电视台在龙泉关镇采访，可以借来无人机协助查看。借助无人机传来的画面，刘俊亮全部看明白了。

刘俊亮查看完火势，做出分工，坚定地说："同志们，今年这场山火很严重，这是一场生死之战！为了保卫我们的扶贫成果、山坡果树、食用菌大棚，还有老百姓的房子，就是要决一死战！大家注意安全，共产党员要冲在前面，走！"说着，他带着人准备冲进火场。

镇政府办公室主任拦住刘俊亮，大喊："刘书记，你是我们的主心骨，你策应指挥，不能出一点儿差错，我带人点火头吧！"

有个村支书说："刘书记，那更危险，会死人的！"

刘俊亮心里打战，脸上严重失血，吼："谁该死啊，我该死，今儿我这一罐血就摔这儿啦！大家看着办吧！"

刘俊亮低头冲进主火道，人们不再犹豫，跟着冲了进去。刘俊亮从火海里冲了出去，头发、眉毛烧着了，用手胡噜几下，闻到一股焦煳味。他终于冲过了主火道，目测山林，终于找到了隔离带，有人打火打偏了，刘俊亮气炸了，呼天地嚷："向左打，向左打啊！"

呼的一声响，隔离带的大火点燃了！

夜晚来临，刘俊亮等着把隔离带烧出来，他们走在烧焦的山林里，那是火光的尽头，踏入无边的黑暗，震耳欲聋的燃烧声音越来越远。夜气寒寒的，火的热度减退，刘俊亮出的汗，不用擦就被风吹干了，他又冷得哆嗦了。刘俊亮坐在满是黑灰的石头上，啃了一点儿面包和火腿肠，感觉脸上、右腿有燎泡，抬手轻轻一擦脸，烧焦的眉毛就不见了。火即将在隔离带对冲，他们喘息了一阵，又投入战斗。

山火被阻止在固定区域，截火头成功了！

整整在老道沟拼了一天一夜，山火终于灭了！回到龙泉关镇政府，刘俊亮腿有点儿轻伤，有人架着他一条胳膊走下车，出现在同志们面前时,模样让人惊呆了!他简直判若两人,脸黑乎乎的,头发光了,眉毛没了,眼窝、鼻孔、耳郭都是黑灰。鞋子烧坏了,露着几个脚指头,大家像看一个怪物似的盯着他。

刘俊亮苦笑了,作了个揖:"我这模样,对不住大家啦!"

镇里同志们也笑了笑,是消融距离的笑,无言中表达了双方的万千思绪。

刘俊亮本来想回家换换衣裳,洗洗澡,这时,又来了任务。

郝国赤书记通知他马上赶到省政府,和那边领导谈阜平和龙泉关镇的一个落地项目。刘俊亮对着镜子瞅自己,苦笑了,眉毛和头发不可能马上长起来,换一双鞋子,立马上车疾驰石家庄。

到了省政府,省政府一位副秘书长接待了他们,郝国赤书记解释一番,秘书长这才知道刘俊亮救了一天一夜的火,十分感动,说:"哎呀,辛苦俊亮书记了,刚刚知道您从山上下来,该好好休息一下,我们再另找时间啊!"秘书长一句热肠话,暖在刘俊亮心坎儿上,他微笑着说:"没事,没事,领导想着我们阜平,感谢秘书长!只要我没吓着您就好啊!"秘书长哈哈笑了。郝国赤书记也觉得,刘俊亮混在老百姓人群中,简直看不出他是领导。他敢于担当,有些基层干部与刘俊亮相比,显然黯然失色了!

刘俊亮憨憨一笑,他从小想当英雄,英雄可不是那么好当的。他拼了命给老百姓干事,凭党性,凭良心,不求当英雄,只求问心无愧!

骆驼湾的一个老农民说,刘俊亮书记他穿戴不像个官,就如农民一样普通,常常在石头桌上与俺们农民掰手腕。他干工作像拼命三郎,心中装着困难群众的应收账!

刘俊亮大会上对镇里同志们说:"我们搞扶贫,要汲取这次修路教训,对于扶贫资金使用,要讲究时效性,要绝对公开。拖着、捂着、藏着、掖着,就会捂出火药桶,早晚会爆炸!"

刘俊亮继续冲在扶贫第一线,无怨无悔!到了2018年,龙泉关,或是说,整个阜平县,最艰难的岁月已经过去了!

人总是碰上七灾八难的。刘俊亮也不例外!

医生说,你的女儿刘奕慧耳朵聋了!

刘俊亮听到北京协和医院医生的话,犹如五雷轰顶,眼前一黑,险些栽倒。还没等他询问啥原因,医生就随口问:"孩子最近打过青霉素针没有,或是吃过青霉素的药?"

刘俊亮的脑袋又是一响,焦急地说:"十天前,她感冒发烧,她娘带她到诊所打了三天青霉素!大夫,还有办法医治吗?"

医生皱了皱眉头说:"青霉素副作用太大,孩子不能用的!你们是哪里人啊?"

刘俊亮说:"河北保定阜平县,革命老区!"

医生终于明白了,那是国家级贫困县。刘俊亮迫切地追问:"大夫,这孩子的耳朵还有办法治好吗?"

医生迟疑了一下说:"治疗还有希望,但是,你们家长要有心理准备,程序多,费用高,至少30万元!"

刘俊亮傻傻地愣在那里,心如刀绞。刘奕慧才三岁,这么小,不治病咋成?可是,要这么多钱啊?该责怪老婆吗,还是恨自己?责怪和恨又有啥用呢?他左思右想,不知该咋办了。过了好半天,刘俊亮回过神来,走出医务室,弯腰抱起女儿刘奕慧,亲了亲她的小脸蛋儿,泪水夺眶而出:"奕慧啊,是爸爸对不起你啊!"

30万元的医疗费,难住了刘俊亮!

此事说起来一般人不会相信：主政一方的大书记，哪能为这点儿钱作难？鞋紧鞋松，只有自己知道，刘俊亮手里真的拿不出这些钱。老百姓穷，哪有干部穷的？刘俊亮真的穷，说起来他的家庭，也许有人不会相信。2003年，他父亲就去世了；他的老妈多病，多年瘫痪在床，医疗费流水般耗去；老婆王彦玲还是县城住建局临时工，工资不高；供养儿子刘丰硕读书，如今再添了这个残疾女儿，那点儿工资能够花吗？

　　傍晚，天空飘着雨丝，刘俊亮从北京回到了阜平县城。他背着刘奕慧进了家，看见下班回来的王彦玲。王彦玲白净清秀，单眼皮，优雅细长的眼睛透着贤惠和善良。其实，刘俊亮实心疼爱王彦玲，劳累的日子里两人建立了深厚的感情。

　　但是，此时此刻，刘俊亮想把怒火发泄出来，狠狠地骂她，为啥给孩子打青霉素？可是，话到喉咙口就憋回去了。不能说她啊，王彦玲毕竟是奕慧的亲妈，她要是知道是她私自做主打青霉素导致奕慧耳朵变聋，她一定会崩溃的。说了，又有啥用呢？这事一定得瞒着王彦玲啊，老婆白天上班，回家还要伺候瘫痪的老婆婆，委实不容易，她有怨气都往自己身上撒吧！

　　王彦玲抱起疲惫的刘奕慧，扭头问："俊亮，奕慧的病咋样啊？北京的大夫咋说？"

　　刘俊亮坐在沙发上，呆呆的，捧着自己不像脸的脸，愁容满面。

　　刘奕慧抱着小猫，一言不发。

　　王彦玲觉得情况不妙，急了眼，大步走到刘俊亮跟前，提高了嗓音吼："你耳朵聋了？人家问你话呢！"

　　刘俊亮叹息了一声，哽咽地说："我没聋，奕慧的耳朵聋了！"

　　王彦玲啊了一声，踉跄了几步，一手抱着刘奕慧，一手扶住墙，双腿一软，头晕目眩。刘俊亮急忙掐灭烟头，从王彦玲手中接过刘奕慧，喃喃地说："唉，没办法啊，你也别难过了！"

"你就是心里没有我，没有闺女，没有这个家！"王彦玲说着就哭了，她的哭声变成了控诉和谴责。

刘俊亮自责地说："怪我，都怪我，在镇里瞎忙啊！"

刘奕慧虽然听不见，但是看父母表情，吓得她浑身颤抖，坐在沙发上，像刺猬一样蜷曲着。

王彦玲还在争吵，看来是倔牛顶墙，不给他一点儿面子。刘俊亮被怼得不吭声，王彦玲不嚷了，死死咬住嘴唇，已是满脸泪水。

躺在另外一屋的辛菊老人似乎听见了他们的争吵，咳痰似的嗓音追问："俊亮、彦玲，你们吵啥呢？"

刘俊亮小声叮嘱王彦玲："奕慧的病，先别跟妈说！"

王彦玲气得哼了一声，倔倔地拧着身体。

刘俊亮心烦意乱，瞪了王彦玲一眼，转身下楼，开车去了龙泉关。到了镇政府门口，刘俊亮停了车，天黑没人，他趴在方向盘上，痛哭了一场。这一刻，他不再是血性男儿，完全成为一个懦夫！触景生情，他又想起了刘奕慧，孩子一辈子就残了啊！奕慧将来可怎样面对生活？忽然，刘俊亮的手机响了，是镇政府办公室的同志打来的，说要报告扶贫喜讯，他不想接到任何喜讯，以目前的心境任何喜讯都是惊吓。他揩了一下眼睛，举着手机，心烦地说："知道了，知道啦！"

刘俊亮突然想起来了，不能都怪王彦玲。那一阵，刘俊亮带着干部去各村查看食用菌大棚，涉及土地流转，家家户户做工作，忙得像热锅上的蚂蚁，团团乱转，两个月都没回家，奕慧发烧，王彦玲打电话告诉他了，他大意了，没有太当一回事。可是，王彦玲抱着奕慧到镇政府找他来了，这个傻娘儿们啊，治病都是在城里，哪有往乡下跑的？如果他那天不上山调解食用菌园纠纷，或是晚十分钟出发，就不会与王彦玲母女擦肩而过，孩子的病就会是另外的一个结局了，生活真是捉弄人啊！刘俊亮想，以后好好待这个闺女。或者，赶紧攒钱，凑够了钱就到北京给小奕慧做手术！这一天早上，王彦玲给婆婆辛菊擦脸，梳理头发，也不知怎么说漏了嘴，辛菊知道了刘奕慧的病情，叫王彦玲把刘奕慧带到床前，伸出枯手，伤心地抚摸着刘奕慧的小脸，哭着说："奕慧啊，别急啊，奶奶跟你爸爸说，一定让你治好耳朵啊！"刘奕慧呆呆地站着，听不见奶奶的话。辛菊急忙用王彦玲的手机给刘俊亮打电话，气恼地喊："我是你妈，忙，咋忙？也赶紧给我滚回来！"刘俊亮满口答应着，晚上吃饭时，急忙回了一趟县城。进了家，直奔辛菊的房间，辛菊流淌着眼泪说："俊亮啊，奕慧可是你亲骨肉啊，咱家就是砸锅卖铁，也要给奕慧治好了耳朵啊！要不，我这当奶奶的心里过意不去啊！"刘俊亮点点头："妈，放心，我们在想办法，奕慧耳朵会好的！"纯属侥幸心理，刘俊亮带着王彦玲和刘奕慧又去了北京权威的医院，他一直瞒着王彦玲闺女耳朵聋了是因为那一针青霉素，如果她知道了，也许会深深地自责，甚至会精神失常！到了北京，好在医生没有说漏，医生只是说刘奕慧的手术，要开颅，大手术，开颅也没有把握治好！这消息，对刘俊亮来说，就像一颗炸弹爆炸了，他和王彦玲失望地回来了。

没有人生而英勇，只能选择无畏！

刘俊亮难过了两天，又发疯地投入了工作，把家里的事忘到脑后了。上级各部门，包括国家机关事务管理局、国务院扶贫办这样的大机关，都对龙泉关镇扶贫大力支持，下了大功夫，他刘俊亮有啥理由不拼命啊？

有一天，刘俊亮去木桥湾村看望帮扶户，天空打雷了，要变天，赶紧下山。刘俊亮他们就乘车下山了，谁也没有料到，山路狭窄崎岖，路上遇险，汽车翻了一个滚，卡在树杈上，刘俊亮和司机砸碎玻璃钻出了汽车，一点点地爬上来。

郝国赤听说刘俊亮孩子的病，心情沉重。话题转到刘奕慧身上，郝国赤狠狠教训他一顿："你是咋搞的？应该工作家庭两不误！抓紧给孩子治病，钱嘛，我们共同想办法！"刘俊亮十分感动，女儿是刘俊亮伤心而沉痛的意外，刘俊亮只能把痛苦掩藏住，答应郝书记照顾好家！是啊，对工作的痴迷，失去与家人的亲密关系，是一个无法弥补的遗憾，刘奕慧还那么小，孩子想跟父亲捉迷藏，想听他讲故事，他却不在身边。家庭和扶贫，事到如今，刘俊亮只能顾一头了！就是这股子劲头儿，他成为县委书记郝国赤的一员爱将。郝国赤最知道他的性格：老实人，工作有手段，不爱琢磨人，专门琢磨扶贫的事，对领导个人爱好知之甚少，对百姓的需求、困难，非常上心。干起扶贫项目，更是拼命三郎！全县都知道，郝国赤曾经打过刘俊亮一拳，这一拳，既是信任，也是责备。刘俊亮当时蒙了，身子趔趄了几下。建设龙泉关镇小学，阜平冬天贼冷，郝国赤书记担心孩子们挨冻，几次叮嘱刘俊亮和县教委主任，学校的窗户，一律用高质量的断桥铝，窗口会严丝合缝。刘俊亮大意了，结果用了塑钢窗户，郝国赤说他的时候，刘俊亮竟然把责任往教委那边推，郝国赤气得不行，狠狠地给了刘俊亮一拳，刘俊亮马上把学校窗户换成了断桥铝！这一拳，也让他真正懂得了郝国赤的从政风格！英雄惜英雄，后来两个人成了无话不谈的好朋友!

但是,郝书记都说了,刘俊亮稍微犹豫一下,还是抽空陪陪家人,他决定带王彦玲和刘奕慧到龙泉关镇玩一玩。王彦玲家里家外腾不出空来,只好他自己带女儿去了。

田野空静,偶尔有几个背筐挑担的山民走过,脸上是一种淡漠的神色。刘俊亮带着女儿在龙泉关转了转,站在山坡看梯田,一道道梯田,远看就像驼黄色的绳头,刘俊亮发现刘奕慧看得入迷。他们又到了黑崖沟,登上歪头山山坡,忽然,一个放羊老农唱起了山歌,歌声浑厚、嘶哑,他听到的山歌,有点儿山西民歌的味道。遗憾的是,女儿却听不见了,他多想让女儿听到山歌啊!山坡上,小河边,到处开满了野花,轻风送爽,熟禾飘香。刘奕慧对野花还是敏感的,她扬着小手跑过去,蹲在那里不敢摘,刘俊亮蹲在山沟,给女儿摘两朵野花,插在她乌黑的头发上,女儿微笑了,笑出两个好看的酒窝儿,刘俊亮用手机给她拍了照。照片让刘奕慧看,然后发给了老婆王彦玲。

刘俊亮吻了吻奕慧的亮脑门,喃喃地问:"好看吗?"

刘奕慧听不见啊,她耳朵聋了以后,说话节奏也变了,口齿不清,缓慢简短:"爸,您以后,还会带我,到这儿玩吗?"

刘俊亮听女儿这么一问,眼里顿时湿了,他一把搂紧了刘奕慧,想说点儿什么,脑子里却一片空白。

到了晚上,刘俊亮开车把刘奕慧送回县城。

吃了晚饭,王彦玲给刘奕慧洗衣服,刘俊亮到了老母亲辛菊的房间,辛菊问起奕慧耳朵的事情。他开车一路走,心里还盘算这件事,母亲肯定会追问奕慧的病。刘俊亮不想再给瘫痪的母亲添堵,撒谎说:"会治好的,您放心吧!"辛菊不说话了,像个哑巴，低头不吭声，只是泪流不止。为了孙女，老人的心都哭碎了。刘俊亮看着老妈难过，想离开，辛菊翻了翻身，说："你站住，我还有话说！"

刘俊亮转身望着卧床的母亲，心中有一种内疚："妈，儿子整天在下边忙，没能好好照顾您，对不起您，对不起这个家！"

辛菊抬头望了望儿子，平静地说："你是妈的儿，也是党的人、政府的人。你爸没得早，没有靠山，啥事只能凭自个儿闯，你趁着还有把子力气，多多给国家效力吧。去吧，娘可不拖你后腿啊！"

母亲辛菊的一席话，让刘俊亮热泪盈眶。他呆呆地站着，还能说什么呢？母亲的心啊，人世间深奥无穷的母爱洋溢着幸福和骄傲……

金 银 滩

◎李春雷

一

老人言:"煤黑子好,煤黑子坏,缺胳膊断腿小菜菜。"

徐海成与工友,一前一后走在地下 1500 米的煤层巷道里,突然哐当一声巨响,脸上霎时一片辣热。

走在前面的工友,被砸倒在地。

原来,一辆满载的煤斗在升井过程中,牵引机钢丝绳意外断裂,煤斗瞬间滑落。

工友们七手八脚地抬开煤斗。这名来自南方的工友,被拦腰斩断,惊恐地张着嘴,瞪着眼。

徐海成刚到煤窑打工时间不长,虽然知道时常发生伤亡事故,但眼睁睁地看着工友被活活砸死,还是第一次。

他内心突突,瘫软在地。脸上,溅满鲜血和碎肉。

收拾遇难者尸骨。徐海成默默扛起一条腿,战战兢兢地回到地面……

1965年9月，徐海成生于河北省张北县小二台乡德胜村。

这里位于内蒙古高原南缘的坝上地区，夏天烈日，冬季酷寒，常年大风，干旱少雨，到处是粗粝贫瘠的荒滩，连最普通的萝卜和白菜也不能种植。勉强存活的农作物只是莜麦、亚麻和土豆等少数几种。

母亲育有六个子女，长子和次女先后因贫病交加而夭折。徐海成和哥哥、弟弟、妹妹磕磕绊绊勉强成人。

两间摇摇欲坠的土坯房，一盘敦敦实实的大土炕，是一家人的主要财产。

一天只做两顿饭，柴火又金贵，不舍得多烧，因此土炕温温暾暾，到了半夜，彻底冰凉。清晨睁开眼，屋里的墙壁上结了一层冰壳，水缸、尿盆，全都冻成了冰疙瘩。

做早饭的时候，屋里有了薄薄的温热。墙上的冰壳化了，淋漓地淌下来，像孩子们擦不净的鼻涕。

徐海成四五岁之前，所有的见识，只在小村之内。直到8岁那年上小学，他对外面的世界，仍然知之甚少，所以对课本上的知识，理解起来困难重重，因而接连蹲班，直到18岁才初中毕业。

1983年，他初中毕业后，独自到邻省的私营小煤窑打工。他暗暗发誓，再也不回这片寒冷饥饿的荒滩！

…………

夜里，徐海成时常被噩梦惊醒，血腥恐怖的场面，总在他眼前晃来晃去。

他多次下决心离开煤窑，回家。可是，一想到家乡的饥饿和贫穷，肠胃便条件反射般地痉挛，不得不硬着头皮干下去。

贫穷面前，金钱是第一选择，甚至不惧死亡！

二

癞蛤蟆想吃天鹅肉，肚皮朝天瞎思慕。

到了成家的年龄，徐海成也常常心怀相思。然而，由于家里贫困，对漂亮女孩的向往，只是妄想。

果然，亲朋好友先后为他介绍了几个女孩儿，都是因为他家贫穷，没谈成。

1987年春节前，徐海成放假回家。表姐为他介绍了邻村一个名唤裴秀平的姑娘。

双方相看后，裴姑娘倒是表示同意，只是她家条件更是艰难。哥哥患有白血病，需终年买药治疗。

徐海成与父母反复商量，最终还是应下了这门亲事。

当时本地定亲，彩礼普遍是480元钱加三大件——自行车、手表和缝纫机。

裴秀平却向徐海成索要680元钱和六大件——两辆自行车、两块手表、两台缝纫机。

为什么要双份呢？

裴秀平多要出一份，原本是想当作哥哥定亲时的彩礼。后来哥哥病情越发严重，她便把这些彩礼全部拿出来为哥哥治病。

…………

徐海成不敢讨价还价，只能按照女方要求，一一置办。

1987年农历十月十九，徐海成结婚成家。

婚后第三天，父母便与他分家。8亩薄田、两间土坯房、4

双筷子、3只碗和5碗莜麦面，便是这个小家最原始的启动资本。

眼看到了年底，虽然徐海成也贪恋新婚的甜蜜与幸福，也渴望潇洒和浪漫，但过日子需要钱啊。因此，婚后第七天，他便匆匆返回打工的煤窑。

年前两个多月，他挣了200多元钱。

回家之前，他为妻子买了一瓶雪花膏。这是妻子有生以来，第一次使用如此奢侈的化妆品，欢喜无以言表。

第二年腊月，妻子生下一个女儿。他早早回家过年，伺候月子。在家待了一个多月，他吐出来的仍然是浓浓的黑痰。

的确，煤窑里的环境太恶劣了。而且，伤亡事故仍然频频发生，他先后抬过、背过、扛过十多位遇难工友的尸体。

虽然他对此已经见多不怪，但还是经常噩梦连连。于是下定决心，另谋生路。

三

1993年夏天，徐海成回到家乡。

本地一家水泥瓦厂正在招工，但由于活儿又脏又累，应者寥寥。徐海成上前探问，对方欣然录用，被安排做脱瓦工。实行计件工资，脱一片瓦，挣1分钱。

工友一天脱230片，他脱300片。

水泥瓦只能夏季生产，霜期一到，立即停工。

停工以后，他又开始学做豆腐。而且，还买来牛羊猪鸡饲养。虽然只是零散养殖，但多多少少总有收入。

1994年秋天，他买了一台拖拉机，在为自家耕种的同时，也为乡邻们打工。

日子黑黑白白，生活匆匆忙忙。

1997年10月，他们的二女儿徐亚茹出生了。

由于太忙，妻子早早为女儿断了奶。她无暇给孩子们梳头扎辫子，因此两个女儿，全被剪成了小子头，一直到读初中，才允许留长发。

女儿们对此一直耿耿于怀，嫌妈妈没有审美细胞。

的确，妈妈向来朴朴素素。特别是农忙时节，衣服上满是泥土，有时还沾着柴草枝叶。头发也蓬蓬乱乱，总是一副风风火火的模样。

…………

沙砾遍布的田地里，孱弱枯黄的莜麦和亚麻，收成可怜巴巴。土豆呢，已经种植了几百年，由于品种老化，加之缺肥少水，结出来的果实又小又丑。

夫妻俩奋斗打拼十余年，仅仅温饱而已。

靠传统模式种田发家，痴心妄想！

2004年，徐海成遍借亲朋好友，凑足3万元，买了一台二手农用汽车，准备跑运输赚钱。

四

徐海成往来北京与张北两地，贩运水果和蔬菜。

几年前，河北农业大学专家在坝上地区试种蔬菜获得成功。贫瘠的荒滩上，终于长出了萝卜和白菜。

他把本地蔬菜运往北京新发地农产品批发市场，返程时运回水果。有时候，两地之间有客户运送货物，也可以赚取运费。

有一次，他帮一家客户运防盗门回张北。汽车是六轮双轴，核载两吨。为了多赚钱，他装了7吨货。

刚驶入北京五环路不久，砰的一声，汽车右后内侧轮胎爆胎了。

换好备胎，行驶不足10公里，后轴的两只轮胎也先后爆破。

在前不着村、后不着店的高速公路上，徐海成顿时心凉如冰。

这台车故障层出不穷，徐海成先后为其换过4根传动轴、20多只轮胎，大修过发动机，磨过曲轴。换过仅修车费用，累计投入3万多元。

每次修车，徐海成为了省钱，只是将就了事。车况不佳，又严重超载，因而更是导致故障频发。

2005年3月的一天，他从沽源县闪电河蔬菜批发市场装载6吨菜花，运往张北县一家冷库。

近来，由于汽车发动机润滑系统密封件损坏，机油频频渗入发动机燃烧室。这种现象，就是通常所说的"烧机油"。

"烧机油"会造成发动机燃烧室积碳等不良影响，进而引发整个发动机系统损坏。虽然知道隐患严重，但为了省钱，也为了赚钱，徐海成就一直拖延时间，没有维修。

那天行驶途中，"烧机油"的状况猛然加重。由于润滑系统油压降低，供油量减少，发动机传动部件得不到应有的润滑效果，摩擦力大增，发动机温度急剧升高，随时都有可能发生"拉缸""粘缸"，甚至"抱轴"等严重事故。

徐海成立即降低车速，缓慢前行。

他一边开车，一边拿出手机，打电话联系修车师傅。

由于注意力分散，汽车突然驶向路边的深沟。

虽然车速低，但因为严重超载，加之车身强大的惯性，导致刹车系统未能起到应有制动作用，所以连人带车，扎进水沟，撞破冰层，钻入冰窟。

…………

汽车彻底报废了，所幸冰层起到了一定的缓冲作用，司乘人员只是皮肉受伤，并无生命危险。

徐海成没有购买车辆保险，所有损失完全由自己承担。

倾家荡产！

他的汽车驾驶证，也被吊销了。

五

从下煤窑开始，徐海成左冲右突打拼20多年，受尽磨难，苦水尝遍，最后还是以惨败告终。

经过多年的闯荡与磨砺，虽然没有赚到钱，但他的眼界开阔了、思想活泛了，从农田中看到了新的机遇。于是决心重返土地，靠科学种田发家致富。

他家有24亩责任田，又租种80多亩，种植白萝卜、甜菜和土豆等经济作物。

不同品种的萝卜对气温、光照和土质要求各异。

徐海成仔细选择最适合坝上环境的萝卜品种，而且对萝卜播种、苗期管理、定植要求、成长期水肥施用等，也进行了认真系统的学习。

这一年，他种植的萝卜品种是"汉白玉"，长势喜人。到了收获季节，行情也很可观——收购价是3毛钱一斤。

那天傍晚，徐海成得到消息，说第二天是外地客商在小二台乡收购萝卜的最后一天。于是，他与妻子连夜来到大田里，抢收最后一批萝卜。

5亩大萝卜，总产量至少5万斤，能卖15000多元呢。

徐海成与妻子开玩笑说，以前真是捧着聚宝盆讨饭。早知道种菜能赚钱，又何必拼死累活地去跑运输呢？

夫妻俩一边干活一边算账，越算越欢喜，越算干劲儿越足。凌晨时分，5亩萝卜竟然快拔完了。

萝卜出售之前，必须洗净泥土。

妻子负责清洗，徐海成装袋装车。

坝上的深秋时节，已是寒冷异常，小河结冰了。妻子把冰砸开，在冰水里洗萝卜。

河水冰凉刺骨，不大一会儿，手就被冻得麻木了，手指不能伸缩。她把手伸进衣服里，放在腹部暖一暖。等有了知觉，再洗。如此反反复复，冰得胃疼痛难忍。

虽然双手冰冷，可她的内心里却有一团火热。洗出来的萝卜白净光洁、晶莹剔透，真像汉白玉呢。可不嘛，那就是"玉"、就是钱啊。

…………

装满一车了，徐海成兴冲冲地运往小二台收购点。

路上他暗自盘算，这车萝卜有4000多斤，能卖1200多块钱……

然而，到了收购点，他火热的内心，顿时冰凉。

由于天冷，萝卜结冰了，冻成了废品，冻成了垃圾。

收购商拒收，只能白白扔掉！

徐海成像梦游一样，迷迷茫茫地开着拖拉机，回到田里。

妻子得知消息，颓然地坐在河边的泥水中，双手捂着脸，久久不语……

市场风大浪急，零散种植户时常"翻船""呛水"。

种植甜菜呢，不仅异常辛苦，而收成也是不尽如人意。

几百年来，坝上人种植土豆，都是自留薯种。品种原本不佳，又经过反复重茬种植，因而退化严重，不仅产量低，而且品质差。

科技进步了，新的土豆品种不断被培育出来。徐海成根据本地气候和土质特点，精心选种，科学种植。虽然收成喜人，但收益并不理想。

他了解到，种植种薯，收益率较高。特别是微型薯，赶上好行情，能够发家致富。

微型薯，是第一代种薯，被称为商品土豆的爷爷。微型薯再次种植，收获的是第二代种薯。第二代种薯的儿子，便是我们日常食用的商品土豆。

可是，种植第一代微型薯，需要建大棚，投资甚巨。而且，其管理复杂，没有技术人员现场指导，难以掌握。加之市场行情起起伏伏，风险多多，徐海成不敢贸然尝试，只是唏嘘感叹。

二代种薯是大田种植，管理相对简单，收益率也高于商品土豆。于是，徐海成试种二代种薯。

他像一个颇有心机的彩民，不停地猜测着下一期的中奖号码。他的大脑，像一台飞转的雷达，时刻不停地注视着市场的风吹草动。

可市场是一个脾气古怪的家伙，哪是他一个小小老百姓能够轻易猜透的？

六

2008年，徐海成的大女儿考取青岛滨海学院，每年的学杂费和生活费，需要3万余元。

他家养有5头牛、20多只羊。只能每年卖牛卖羊，补贴女儿读书。

虽然他试种二代种薯获得成功，但单枪匹马，抗风险能力薄弱，赔赔赚赚，仍是在贫困线上挣扎。因此，女儿大学毕业的时候，家里的牛和羊全都卖完了，还欠下了2万多元的外债。

他恨自己流年不利。

由于种田太多，整天起早贪黑，风餐露宿，加之徐海成的妻子洗萝卜时总在腹部暖手，肠胃反复受凉，因此落下病灶。

阴险的黑色毒菌像蚂蚁、像蜜蜂，在她的胃部结巢钻营，攻城略地，繁衍扩张，悄然间侵占了整副胃囊。

胃部时时隐痛，但由于家庭困难，她不敢声张，只是默默承受。时日长久，她像入秋后的荒滩，形容枯槁。虽然只有40多岁，但满脸褶皱，看上去比实际年龄至少大10岁。

拖延至2015年春天，已是形销骨立，弱不禁风，甚至一度无法起床。万不得已，她才去医院做检查。

医生根据她的胃部造影诊断：糜烂性胃炎。胃黏膜脱落，胃壁损伤严重，随时都有穿孔危险。

胃壁一旦穿孔，消化液进入腹腔，将引起腹腔化学性感染，严重情况下会出现感染中毒性休克，万一抢救不及时，生命不保。

她吓坏了，以为自己必死无疑。两个女儿虽然都已经长大，但还没有成家。特别是小女儿，还在读高中。自己撒手西去，心有不甘。

没钱治病，她的姐姐借给她1万元。

这些钱如果住院治疗，几天就花完了。于是，她自作主张，买中药，回家调理。

医生叮嘱，平日里要吃一些容易消化的食物，而且要经常喝鱼汤、鸡汤或排骨汤之类，增加营养。

可是，她连鸡蛋也吃不起，何况鸡鸭鱼肉呢？

2016年夏天，小女儿考取邢台市医学高等专科学校，学费与吃喝穿用，每年需要2万多元。家庭负担，再次加重。

徐海成虽然愁苦，却也欣慰，毕竟女儿如他所愿，走出了农村，脱离了这片土地。

七

最早的巨变，来自风。

大约是2014年春天，村里来了一个施工队，说是要建风力发电站。张北县境内常年平均风速6米/秒，而且光照时间长，每年达3000多个小时，适合发展风电和光伏产业。

随后，一座粗粗壮壮的铁塔竖起来了，巨大的风车桨叶缓缓地转起来了。

村民们瞪着惊奇的、大大小小的眼睛。咦，这玩意儿西北风也能发电,也能赚钱?

忽如一夜之间,坝上地区的山山岭岭、沟沟坎坎,全都疏疏密密地竖起了风力发电机组。

风力发电机组集阵,像一尊尊威武的巨人,吞云吐雾。风车桨叶搅动蓝天白云翻滚,扭转了这方土地的乾坤,显然也转动了当地百姓的大脑!

看看村头的风力发电机,徐海成朦朦胧胧地觉得,一个新的时代,到来了。

2015年,来自河北省工信厅的扶贫工作队,进驻德胜村。

全县所有被精准识别为"贫困村"的村庄,也全都驻进了来自省、市机关单位和大型企业的扶贫工作队。

2016年秋天,驻村扶贫工作队在村委会的院子里,开始试建100千瓦扶贫光伏电站。

当年初冬,这座神奇的小电站建成,随即并网发电,效益喜人。

2017年初,亿利集团应当地政府邀请,进驻德胜村,投资4.5亿元,流转草地和荒滩2640亩,投建5万千瓦集中式农光互补扶贫电站。

电站光伏板下的土地可以二次利用——光伏板下为高3米、行间距5米的钢结构支架。支架下不仅不影响农作物生长,而常规农业机械也可以正常使用。这样一来,大大提高了土地利用效率,能够实现多产业优势融合。

电站流转的旱地每亩年租金450元,水浇地550元。哇,比种庄稼收成还高,而且旱涝保收。因此,光伏电站被村民们称为铁杆庄稼。

徐海成家其中的 18 亩地，流转给了电站，年租金 7500 元。

光伏电板，像一张张银光闪闪的笑脸，追逐着阳光、追逐着希望。被坝上人诅咒了上千年的烈日，不仅为村民们带来了财富，还为小村、为城市带来了光明和温暖。

在电视画面中看着北京、上海夜里璀璨的灯光，听着大小工厂的机器轰鸣，想着疾驰的地铁和动车，徐海成忽而觉得，远方城市的用电，说不定就产于自家田地里的光伏板。

嘿，这个小村，也是世界的中心呢。

八

德胜村的胆子大了起来。

他们在扶贫工作队的支持下，争取扶贫项目资金，在村南的土地上建起了 280 个温室大棚。贫困户优先承包，每个大棚年租金 2100 元。

徐海成顿时热血沸腾，自己渴盼已久的机会，终于到来了。于是承包了 6 个大棚，全部用来种植微型薯。他之前摸索的科学种田经验，也全都派上了用场。

此时，他进一步见识了土豆的神奇。

浩瀚宇宙，大千世界，幽暗密室，亿亿万万。时代的大手，不断叩问，一个个密室，被訇然打开。谁能想到，在贫瘠荒滩上倔强生长了几百年的土豆，竟然也包藏着一个奇妙的世界呢。

科研人员从土豆枝叶上剥取细胞，进行脱毒，并对细胞结构实施人工改良，然后将其培养成单独植株，一个个全新的、品质优良的薯种就诞生了。

细胞培植在玻璃瓶中的营养基里，两周左右，便可生长为成品薯苗，被称为瓶苗。

瓶苗移植到大棚之前，先进行炼苗，以便小苗适应大棚里的生长环境。

植入大棚的小苗，像初生的婴儿，必须小心呵护，稍有不慎，就可能前功尽弃。

薯苗生长很快，由"童年"到"少年"，再到"成年"，不过短短几周时间。

长到第四周，小苗就开始怀胎了，根部结出了细细密密的"金豆子"。到了成熟期，拔出一棵来，下面就挂满了枣子大小的土豆。

可千万别小瞧这些土头土脑的小家伙儿，都是十足的金蛋蛋呢。

通常情况下，一粒20克左右的小土豆，能卖3毛钱。一个大棚产13万粒左右，除去本钱，纯利润2万余元。

因此，虽然一个大棚仅仅6分地，但收入水平却远远超过传统种植的6亩地。

…………

微型薯收获以后，徐海成在本地一家正规驾校，报考学机动车驾驶证，学费2580元。

考科目一之前，他在手机上下载学习软件，认真学习。

虽然他有多年的驾驶经验，但对交通法律法规却知之甚少。

通过学习，他不断刷新着自己的认知，纠正着自己的观点。

最初模拟考试时，他总是出错，后来逐步提升，每次答题竟然均能得95分以上。

考取驾驶证之后，他又找出微型薯种植培训手册，仔细翻阅。

而且,他还在手机上下载二代种薯、商品土豆和甜菜种植技术等文章,遇有闲暇,精心研读。

这个粗枝大叶的坝上汉子,正在悄悄地却又迅速地转变着,逐步走向规范,走向文明……

然而,2018年春天,由于市场行情不佳,微型薯滞销。

按照以往的经验,遇到此类情况,多半会血本无归。

然而,种植户们在政府的帮助下,不仅寻到了买主,而且还获得了不错的收益。徐海成的6个大棚,获利近4万元。

九

2018年春天的种薯滞销风波以后,德胜村村民们种植微型薯的热情骤然降低。

徐海成的精神,也委顿下来。

微型薯最适合在高海拔、高纬度地区培植,经过再次种植生产出合格的二代薯种之后,在全国各地进行大田种植,生产商品马铃薯。

位于坝上地区的德胜村,无疑是培植种薯的理想之地。而且,种植微型薯,也的确是一项理想的富民项目。只要行情稳定,种植户在短时期内就可以脱贫致富。

可是,种植户们各自为战,零散经营,市场上的任何不良波动,都有可能将他们打得人仰马翻。

就在村民们苦恼的同时,驻村扶贫工作队和村党支部一起,以最快速度引进了一家专门从事研发、培植微型薯薯苗的薯种公司和一家经营成品种薯的种业公司,并修建了一座占地80亩、储藏能力高达 3.6 万吨的种薯恒温储存窖，搭建了覆盖全国的种薯销售网络，形成了集微型薯研发、种植、储存、销售于一体的完整的产业链条。

当年，德胜村的微型薯年产销量，约占全国的五分之一。

而且，德胜村的商品马铃薯还注册了"御富德胜"商标，并成功通过了国家绿色认证，德盛村入选第八批全国"一村一品"示范村。

徐海成再也不用担心市场风险了，于是准备放手一搏，大干一场。

他与两位朋友共同投资，在邻村建起了 22 个大棚，种植微型薯。

2018 年和 2019 年，徐海成的收入更是节节攀升。几年前的贫困户，已然阔步迈进全面小康。

他花 3 万余元，买了一台 454 型拖拉机；花 5.8 万元，买了一台长安欧尚牌 7 座越野轿车；在张北县城，买了一套小户型的商品房……

终于在城市里拥有了自己的房子，实现了多年来的梦想。可他，已经离不开这片土地了。而且，小女儿徐亚茹大学毕业后，也被他动员回乡，供职于德胜旅游产业发展有限公司。

2020 年春天，徐海成与朋友共建的 22 个大棚，交由朋友种植蔬菜。而他自己，则在村里承包了 8 个大棚，种植优质微型薯。另外，他还在大田里种植了 20 亩商品土豆、20 亩二代种薯、30 亩甜菜……

遇有闲暇，他便开着越野车，带上妻子和小女儿到县城逛商场、看电影、下馆子。

由于生活条件不断改善，加之平时注意饮食康养，妻子的胃病已经悄然好转。她的脸蛋儿，越来越饱满，越来越红润。

那天，徐海成专门陪妻子到市里的影楼，补拍了婚纱照。

他说，要把当年结婚时欠妻子的浪漫补回来。他还说，年底要为妻子买一副8000块钱以上的金手镯……

仔细回想，他上一次为妻子买礼物，竟然是结婚当年的一瓶雪花膏，距今已经32年。

小女儿亚茹与已在青岛成家的姐姐微信聊天时，发去了爸爸妈妈的婚纱照。

姐姐一再惊呼，原来妈妈也爱美，而且这么美。

姐妹俩的眼眶里，顿时噙满了泪花……

曾经贫困、灰头土脸的德胜村，如今已经脱胎换骨。

一座座低矮逼仄、摇摇欲坠的旧房子，变成了一栋栋宽敞明亮、时尚别致的新别墅。

村民原来的宅基地拆迁折现后，换购新民居，多退少补。

徐海成家的房子虽然破旧，但院落占地面积较大，估价32万元。新建别墅楼呢，造价28.8万元。因此，他不仅拥有了一套两层共计150平方米的别墅楼，还获得了3.2万元的补贴金。

…………

千百年来贫瘠的荒滩，种上了铁杆庄稼，村民衣食无忧；勉强生长庄稼的薄田，建成了温室大棚，种植微型薯，足以发家致富。

大棚像太空舱，像实验室，试种土豆良种，探索着中国农业和农村的未来……

徐海成突然明白，自己先前之所以屡试屡败，是因为时机未至。就像一粒埋在冰封土地里的种子，无论如何努力，都不可能生根发芽，只能等到春天到来。

显然，徐海成的春天来了。而这春天，不仅属于徐海成，不仅属于德胜村，也属于坝上，更属于全中国。

坝上高原，曾经一望无垠的贫瘠荒滩，在新时代的风抚雨润下，变成了流金淌银的、名副其实的金银滩。

放眼全国，一个个曾经荒僻的小村，也已经脱去厚重的冬衣，正在一路高歌地走进明媚的春天……

爱 的 礼 物

◎哲　夫

李　富　贵

李富贵又名李三，小名贵贵，是岢岚王家岔乡武家沟人氏。

顺着村路走了没多久，便看到靠山的路边，停了一辆小手扶拖拉机，车斗里横七竖八堆满了艳丽的沙棘，像些浑身缀满玛瑙的光屁股胖小子在筐里堆堆迭迭地睡觉。却没有人。往山坡远远一瞭，却见一个围了红头巾的女人，在山坡的沙棘丛中一嘟噜一嘟噜剪沙棘，还冲我们扬了扬手，似乎喊了一声什么，似乎喊的是"随便吃"。

风凛冽地吹着，云朵被大风吹跑，天空被吹出一片宝石蓝。不远的地方，停着一辆三轮摩托车，摩托车的斗子里堆满了艳丽的沙棘。布满砾石的河沟里人徒步行走都困难，是谁有本事把一辆三轮车开进这个布满石头地雷的所在呢？

正当我们几个围着三轮车吃惊地议论的时候，却见远远地，倏然闪现出一个身影，远远地看不清楚，待到近前时，方才认出那是一个人，一个背着大柳条筐的人。这个人从远处向我们这边慢慢走过来。

"看，来人就是李富贵，李富贵是武家沟村的红旗示范户，家中6口人。他现任武家沟村护林员、清洁员，护林巡查、清洁卫生认真。他从不参与赌博、吸毒和封建迷信活动，夫妻和睦，邻里乐和。父母年迈要抚养，还要供养两个孩子上学，种田维持不了生计。给驴友们当向导的，就是他，一个人编写的旅游解说词，挂根棍子，背个登山包，拿个电喇叭，全套装备都有，哇啦哇啦……"

我们几个人连忙上前，帮忙把满满一柳条筐沙棘从李富贵肩上取下来，倒入三轮车斗，一嘟噜一嘟噜红红黄黄的沙棘，酸溜溜的，在阳光下闪闪烁烁，似乎不是什么凡物。以为并不高大的李富贵一定得歇缓上半天才能开口说话，殊不知他竟然丝毫没有累和喘息的样子，扯开嗓门语声朗朗地道："天不早了，找我有啥说的？说哇，说完我还要忙哩，再磨蹭就黑下了！"

李富贵的直爽，把我们几个人都逗笑了。

李富贵是个可人儿，他毫不掩饰自豪，认真夸奖自己，以广招徕，说："荷叶坪的风景点只有我李富贵熟悉。我是铁了心要吃这碗旅游生态饭了，我已经在网络上'水滴信用'正式注册过了，注册的是：荷叶坪高山草甸农家乐山庄。农家饭、土特产、导游，这个高山草甸农家乐山庄，就在我自己的家里。我当专业导游，我爱人她负责招呼客人吃喝，吃的全是土饭，一条龙服务。不要小看我的这个小店铺，2018年全年我接待驴友30多人次，挣到了近1万元。来过岢岚的驴友几乎都认识我，说起李富贵，没有人不知道的！"

"看看这些沙棘，都是山上生山上长，谁采了归谁，一分钱也不和你要，你还要拿去卖钱，这个还算不过来？商家早就等上了，还上门来挨家挨户地收，好不好？好！就是价钱不好！他想便宜点儿收，我还想贵点儿卖哩！所以我不和他们打交道，我直接拉到厂里去卖，不让中间商赚这个差价，我这一晌也就采了两车沙棘，如果让中间商这么一差价，至少得有一车就给差没啦，太亏！哎呀，不和你们多说了，有啥事以后再说，我还得采我的沙棘去哩！"

说完，也不管我们是否同意，便背起腾空了的柳条筐走了。

吕　如　堂

去甘沟村走的全是山路，漫坡里荒草长得比人还高，我寻思什么草会长这么高，近了才发现是臭蒿和荆棘，臭蒿和荆棘连牛羊都懒得去吃，所以才能侥天之幸，长得这么茂盛这么高。荒草里有牛的身影在影影绰绰地移动。走进甘沟村前，路过一排畜舍——以前也是村民的房屋，现在成了畜舍。

瘦瘦的、目光坚定有礼的村支书和身材敦实、面貌红润的吕如堂，已经在这里等了我们一锅烟工夫了。我与村支书握手后，吕如堂憨笑上前，伸出双手。我在男人中也属有把力气的，经他勤劳的双手轻轻那么一握，感觉双手就像被裹入两块粗糙的砂岩之中，只觉得扎手剀肉，松开后还听得见嫩皮屑被刺刺拉拉剀掉的细响。

记得告别时我们又握过一回手，感觉是，他的手厚实有力如同熊掌，粗粝毛糙似锉刀。拥有这样一双大手的男人的经历，可想而知，虽然生活坎坷艰辛，日子诡计多端，但却没有任何意外和困难可以打倒他，因为这是一条最能扛的死硬岢岚汉子。

村支书叹息着说："老吕在甘沟子有 30 亩土地，全是 25°坡以上的田，收成看天气，种一半荒一半。没水，吃水得到几里外挑。甘沟村的常住户只剩下些鳏寡孤独。老吕近年实在不顺，是哇！没有精准扶贫，这道坎他根本过不去……"

吕如堂 56 岁，初中文化，中共党员，曾任宋家沟村"两委"成员，兼职甘沟村护林员。户籍人口 2 人，他的妻子周三桃 52 岁。两个女儿一个儿子现在都已成家。吕如堂在甘沟有 30 亩土地，但全是坡地，没有平地，半坡地里全是石头，耕种石头咬犁刀。以前种些山药、大豆、胡麻、莜麦，还经常遭受野猪、野兔的侵害。除了要养妻子和两女一儿，吕如堂还要负担堂弟吕亮虎的生活费用。吕亮虎两三岁时父亲就不幸去世，又在一次生病中，几天几夜高烧不退，虽然捡了一条命回来，却落下一个浑身肌无力的后遗症，完全丧失了劳动能力。吕亮虎一直由吕如堂的父亲抚养着，2014 年吕如堂的父亲去世后，兄长吕如堂主动承担起了照顾堂弟的责任，吕亮虎成了吕如堂家里一个编外的特殊成员。

生活来源是 25°坡上的 30 亩薄田，这些薄田世世代代地被先人们耕种，积年累月被超负荷地榨取，已经日益瘠薄，兼之水土流失严重，表面腐殖的熟土层已经流失殆尽，形如鸡肋，弃之可惜，食之无味。用吕如堂自己的话说就是："瞎了舍不得，种上又打不了几颗粮食。好在还有一把力气，就去城里打工，略有积蓄，日子过得不富裕，但还平实安宁。"

当时孩子还小，甘沟村没有学校，孩子要到县城上学，吕如堂就临时搬到县城。人走后村里的两间房日晒雨淋没人管，也塌了。等把孩子们都安排着上完学，成了家，吕如堂以为自己可以喘一口气的时候，意外和变故却接踵而至，让这个坚强的农家汉子几乎崩溃。

2017年5月，甘沟村整村移民搬迁到宋家沟中心村居住。按国家规定一个人不超过25平方米，吕如堂和老伴儿两口人分了两间，加上叔伯兄弟吕亮虎，共分了三间房，过上了和城里人一样的日子。但是吕如堂还没有来得及认真体验一下宋家沟新农村的生活，变故就已经开始了。2017年7月吕如堂在城里给人盖房子时不慎出了事故，他的左脚被砸断了三根脚指头，只好住院治疗。就在他住院期间，儿子带着媳妇和大女儿开车来医院看望他，没想到路上却出了一场严重车祸，大女儿因伤势过重当场去世，儿媳妇也因受伤导致一只眼睛失明和下颚粉碎性骨折。随后又雪上加霜老伴儿被查出患有甲状腺乳头状癌。女儿离世、儿媳妇重伤、妻子患癌、自己骨折，光几个人的治疗费就成了天文数字，欠下了近20万元的债务。

阴阳相隔的女儿，眼睛失明的媳妇，以泪洗面的老伴，阴影笼罩的家，纵是与生活已经死缠硬打了一辈子的吕如堂，亦觉心如刀绞，前路昏昏暗暗，欲哭无泪。但吕如堂知道自己是家里的顶梁柱，他要是垮掉了，这个家就垮了，他只能咬住牙，和命运死扛。

"我老伴儿，一见有记者采访我，几乎每回都要人家写咱县委的王书记。的确，我们全家人都很感激他。王书记听说了我家发生的事情，来我家慰问，没有二话，当时就打电话协调民政局、合医办给予政策帮扶，叮嘱在场的乡政府负责人，一定要安排好我家的生活！他怕我想不开，安慰我，鼓励我，走了，还不放心，过两天一个人又来了，看我的生活，问我需要什么，有事立马解决。

连续好几个月,他经常来,一直到我家里生活正常了,我养上了牛,他才放下心来。我老伴说起这个就要哭,女人嘛,唉,真心感谢他!"

2018年春,县里在甘沟村原址盖了1000平方米集中养殖圈棚,吕如堂听说肉牛市场行情稳定,就想养牛,就动员村里搞过养殖的7名贫困户以入股的形式通过贷款,一起买牛搞养殖,宋家沟村贫困户自发成立的第一家养殖合作社源利合作社在老村甘沟正式成立揭牌。

我以为山上会很冷,没承想上了山之后,晴暖无风的天气,竟然一点儿不冷。大山上一间简陋小屋就是吕如堂的住处,炕上堆满了方便面。门前有一只狗,笼子里还关着一只狗。

吕如堂憨厚地笑说:"怕你们来了它乱咬,我把这条金毛关起来了!"

说话间,吕如堂已经把狗从笼子里解放出来,狗儿欢天喜地地围着郝乐蹦跳。我对郝乐笑说:"这山上可不像你说的那样冷,我穿衣服太多了,还觉得有点儿热呢!"郝乐逗狗不语。吕如堂却认真道:"往年这时候,山里早已是冰天雪地,而且一冬也不带化的。前天一场花花雪下来,太阳一出来就化了,这些年不对头,年年都是暖冬啊!"

今非昔比,地处大山深处的人们,也在以人类的身份,关心着地球变暖的问题。

刘 玉 英

我想当然地在等一个白白净净的四川女子出现。

可是走向我们的却是一位黝黑的、脸上皮肤明显被寒冷冻伤的女子。从刘俊斌嘴角露出的一个柔和的笑意，我知道她就是刘玉英。20年黄土高坡的生活，虽然诸多艰辛，但只要稍加注意，抹点儿化妆品，胭脂口红，避开寒风和紫外线，并不足以全然改变一位年轻女子靓丽的青春外貌与柔软的四川口音，但刘玉英似乎已经忘记了自己，对自己漫不经心甚至有意为之，任凭青春逝去，容颜憔悴，毫不怜惜。她微笑着，从容不迫地伸出手来，大大方方地和我握了一下，手不大但粗糙有力，显然是个性格坚定的女子。但再坚定也是个柔弱女子。

"我爱人今天一大早就上山采沙棘去了！"她说。微笑融化了刘玉英脸上被紫外线染黑的皮肤，眼睛里似乎有一刹那透露出她南国女子温润如玉的过去，但丝毫不能淡化她脸上被严重灼伤的毛细血管以及笼罩在她周身的那种沧桑感。四川口音被她有意无意地掩盖得几乎一点儿也听不出来，凭她的样貌和地道的岢岚话，谁敢说她不是一位土生土长的岢岚女子？

刘玉英家的小院干净整洁，院子里有一处空置的羊圈，很久没人住的正房门窗破败。杂物和农具、柴草却摆放得利利索索。四间低矮的南房，房间陈设简陋，堂屋大柜漆面斑驳，只有炕上的被褥干净整齐。两扇向阳的窗户有阳光照进来，恰好照在端坐在炕头上的婆婆身上。婆婆脸上安详的神情，透出老人心情的泰然。

刘玉英的婆婆丁福娥已经84岁，因患脑萎缩双腿失去行动能力，天气好的时候刘玉英经常会搀扶着老人到外面去晒太阳。见了人老人就会嗫嚅："我拖累媳妇了，三年了不能动……"说着眼里就会流下浑浊的老泪。刘玉英拉着老人的手，神情不似儿媳妇在孝顺婆婆，反似婆婆在哄顺媳妇儿："妈，快别这么说，有你咱这儿才像个家呀！东西没了可以买，老人买不到，有老人在就有福气在嘛……"

1995年，21岁的刘玉英嫁给白润林并一起回到了黄土地坡村。刘玉英也实话实说："当时对他家的情况完全不了解，不知道公公婆婆都已经60多岁。公公患高血压、冠心病，没有劳动能力；婆婆患胃溃疡、脑血栓，行动不便，全家人的生活全靠丈夫种的几亩山梁薄地维持。远在四川的刘玉英家也在农村，但四川是天府之国，压根儿就想不到天下竟然还有像丈夫家这么困难的，气候和生活的艰难都远远超出了她的想象。

"那时家里穷得连一个月不到10块钱的电费都交不起。"刘玉英叹息着说，"可是婆婆对我真好，把我当亲闺女一样疼。怕我吃不惯山西面食，经常会给我在蒸莜面的时候蒸上米饭，他们吃饭从来舍不得炒菜，给我炒从山上采来的蘑菇、自家种的菜下饭，让他们一起吃，他们就是一口也不吃，只让我一个人吃……你们说我一个人怎么能吃得下去？吃着，吃着，眼泪就哗哗地流出来了……婆婆见我哭，就哄我，像哄小孩子一样，有这样好的婆婆，你说我怎么能忍心，怎么能忍心一走了之呢？"

1999年儿子出生后，为了改变家里极度的贫困，刘玉英让丈夫借了村里一个石磨，泡上豆子，试着做了两锅豆腐，先送给乡亲们品尝，赞叹声坚定了刘玉英的信念。刘玉英说服全家人让丈夫借了650块钱，买了一台电磨。从此，无论寒暑，每天早上4点，刘玉英就起床磨豆腐，7点匆匆吃口饭带上干粮出门，晚上12点睡觉是常事。

"一年四季都这样，春天得送粪、耕地，夏天要锄地、上山挖药材、搬蘑菇、采毛尖茶，秋天收秋、打场，冬天上山剪沙棘。婆婆身体不好，我出了地、上了山，家里卖豆腐、看孩子就全靠老人了。一年到头只有两天不出工：一天是腊月二十三，按岢岚的乡俗，小年这一天连骡马都要歇一天，更何况人了；还有正月初一，也要歇一天。丈夫放羊。自身繁殖加上政府的补贴，羊从4只养到了100多只……"

2004年公公脑出血病逝，婆婆不能动了。四个月后丈夫在宁武的二舅去世。多年来，二舅一直是大舅的眼睛，弟兄俩都是光棍，大舅不仅没视力，还患脑梗卧病在床。这样活着岂能无怨无尤？

刘玉英懂得婆婆的担心，于是果断提出：让大舅到黄土坡来吧！

大舅来了之后，两个瘫痪在床需要照料的老人，一双正在成长的儿女，一大群羊喂养放牧，几亩薄田的春种和秋收……都压在了身高只有一米四八的刘玉英和丈夫的肩头。日子就是这样无情。

刘玉英每天要生两面炕火，给婆婆和大舅两个老人轮流喂饭喂水，端屎倒尿，洗洗涮涮。大舅脾气固执，长期生活贫穷和困难使他的性格变得乖戾，饭端迟了一点儿，就会因为想多了而生气，就会因嫌弃自己而过分地苛责别人，而内心却在悄悄滴血。刘玉英为之黯然伤心，但还是忍了，一忍再忍，久了也习惯了，习惯了也想开了。

连村里人都看不下去时，刘玉英云淡风轻一句话："由他说去哇，咱该咋照料他就还咋照料他，不能和老人计较啊！"

2016年，大舅走完了自己贫穷辛酸的人生。刘玉英侍奉他多年。这位老人临死是否忏悔过自己对她的无端伤害？我想，虽然表面上没有，但暗地里一定会有，他是怀着被生活深深伤害了的怨毒离世的，他的一生几乎没有什么可以留恋的，他只能像一根干枯的玉米秸秆一样，孤独地支棱起他的乖戾，离开这个世界。

"这是常人难以做到的！"刘俊斌为之感慨。

刘玉英却轻飘飘地说出一句话："自家的老人嘛，那还能不管？"

2011年黄土坡村委换届，刘玉英连续三届高票当选村"两委"委员，2017年被县妇联任命为黄土坡村的妇联主任。刘玉英用自家的骡子为村里苏春娥、李根林等老人上山驮柴，解决过冬取暖；经常为吴贵明、李福生等五保户担水、劈柴、清扫院落。

她还组织黄土坡村的女人们成立了秧歌队。

2017年，她承包村民闲置的50亩耕地，种植大豆、莜麦、胡麻，还引进了油菜、藜麦等新品种。收入增加了，但她从不为自己花钱。嫁过来23年，刘玉英穿的最贵的一件衣服是去年女儿花270块钱给她买的一件外套。

为了配合乡里发展旅游，刘玉英羞于自己家100多只羊在村里拉羊粪，竟然忍痛把羊卖掉了。对于一个女人来说，得有多大的心胸才能如此，但刘玉英却做到了。

党桂梅的幸福不是一朵花

◎艾　平

她是党桂梅。

在和我交谈的全过程中，她的脸上始终带着笑，有时微微蕴含，有时朗朗盛开。笑容透出她内心的阳光，让我想到一句话——幸福就像花儿一样。

党桂梅51岁了。我坐在她对面听她讲述，随着她的故事，进入远去的岁月。我大脑里的蒙太奇不由得拂去她脸上的沧桑，拂去她两鬓探出的银麦芒，于是我看到了一个身材苗条、面色白皙而不失俊秀的女子。我想，若是在优渥的环境里，她这个年龄的女人，依然可以婀娜娇嫩，可以时尚拉风，可以像花儿一样绽放芳华。而党桂梅，这个常年躬身土地的农妇，这个半辈子呕心沥血的母亲，这个几十年如一日咬定青山不放松的追梦人，在我们看到她终于甩掉了身后那个巨大的贫穷阴影，缔造了崭新生活之时，用一朵花来比喻她的幸福感，显然有些矫情。

党桂梅的幸福来得孜孜矻矻，来得扎扎实实，使我想到的不是一朵花，而是一棵树，一棵在原野上栉风沐雨的树。当然，她的旁边还有另一棵树，与她并肩而立。这两棵树一起在风雨中挣扎，同呼吸共命运，含辛茹苦，百折不挠，奋力汲取生命的营养，当枝头稀疏的绿叶终于变成了浓荫，彼此的根已经成为一体。

刘玉国比党桂梅大3岁，他们的婚姻和诸多中国农村式婚姻一样，是经人保媒开始的。媒人说，刘玉国老实厚道，心灵手巧。党桂梅一看，这人长得挺周正，听说话也本分，就同意了。许多年过去，有时候老两口拌嘴，刘玉国犟劲儿上来，三头老牛拉不回来。党桂梅便退一步地阔天宽，跟他说，我也会吵架，话赶话我比你来得快，我不过是大人有大量，我让着你行不行。说着她自己在一边就笑了。这是因为在党桂梅心里，嫁给刘玉国，不管日子是穷是富，是顺利还是困难，她都没后悔过。这是她不会动真格生气的根本原因。

刘玉国家兄弟姊妹多，父母没有钱给他们置办婚事，党桂梅一进老刘家的门，就背上了3700元的饥荒。那是20世纪80年代的事情，一个鸡蛋卖一毛钱，一斤玉米卖几分钱，一亩地连两百斤玉米都收不了。150亩地，收入3000元，交公粮1000多元，你平常日子还得吃喝用度呢，就是说，要还清这些饥荒，意味着小两口需要付出超出常人的辛苦。

谁说爱情不能当饭吃，俺家就能。说完了这句话，党桂梅突然意识到什么，瞅瞅我，像个新过门的小媳妇似的，羞答答地捂上了微红的脸。

党桂梅和刘玉国，先结婚后恋爱。相处时间一长，刘玉国发现这个媳妇正是自己梦中的那个人儿，会过日子，凡事先算计，想妥了，就去做。你让她给自己放个假，歇下来，嗑点儿葵花子，扯个闲话，她一分钟都受不了，一干上活儿，便不愿意撒手。党桂梅觉得，自己想到的事儿，丈夫早想到前头去了，他虽然不说啥，行动起来比谁都快。为了未来的幸福生活创业，刘玉国有心劲儿，雷厉风行；党桂梅呢，嘴一份，手一份，说干就干。真是不是一家人，不进一家门。小两口你恩我爱，拧成一股绳拉车，相信铁杵一定能够磨成针，好日子虽然来得慢一点儿，但是肯定就在前面等着他们，早晚不会"秃噜扣"。那时候，他们俩浑身好像上好了发条，力气足足的。

远在20多年前，党桂梅家的脱贫战，已经在只有一座泥房的庄稼院里打响了。尽快把饥荒还清是他们夫妻的第一个目标，至于未来，他们不敢想也想不到什么楼上楼下、汽车电话之类的锦绣蓝图，只要有一院子牛羊驴鸡鸭猪，手里有个存折，存折上面有几百块钱，就是天大的幸福了。党桂梅说，一分钱难倒英雄汉，没钱的滋味她知道。手里有两个钱，遇到事儿不受憋屈。

内蒙古赤峰市，北倚大兴安岭山脉，南仰燕山屏障，处于两山之间。党桂梅和刘玉国所在的北房身村，属于巴林左旗哈拉哈达镇，地处赤峰市东北部大兴安岭脚下的林缘地带。在蒙古语中，哈拉哈是屏障的意思，哈达是山的意思，这么一说你就知道这里的地形地貌了。这个镇子，包括其中的北房身村，就靠在大兴安岭的根儿底下，这里山地、丛林、沟壑纵横交错，可耕种的田地，大小不一，就像一块块补丁似的散落在山间。这一带历史上是契丹族的发祥地，无法考据当地的游牧生产是否与此有关。到了清代康熙时期实施戍边，农耕文化开始进入此地。北房身这个村名，明显来自汉语。这样的历史背景，半干旱草原气候环境，让我们不难理解，直至今日，这里的百姓为何依然以半农半牧为生。良田不足，山地贫瘠，气候偏冷，使这片土地从未离开过贫穷的笼罩。

党桂梅出生在北房身村附近的一个营子，营子就是自然村，往往只有几户到二三十户的人家。叫营子，也应当是游牧时代屯兵记忆的一种延续。党桂梅排行老三，上头有两个姐姐。读到小学三年级，父母不让她接着念了——当然是供不起了。家里所有的哥哥姐姐，不管是否成年，都要下地干活，而党桂梅这个还没有告别童年的小姑娘，需要在家照看弟弟、做饭、打扫卫生，为下地劳动的人做后勤。她哭，一哭就是一整天，夜里躺在床上还在抹眼泪。要说学习成绩，党桂梅在班上始终是状元级的，全班60多个学生，第一批戴上红领巾的只有一个男生和一个女生，这个女生就是她。作为一个好学生，党桂梅每天都是兴高采烈的，唱着"太阳当空照，花儿对我笑"上学，捧着100分成绩单回家。虽然到了家，放下书包，就得出去放羊采野菜，但是她是快乐的，从不知忧为何物。

姐姐说，三儿呀，别哭了，好歹你还上了三年级，一分钱大的字认识了两口袋。命里是个丫头，你也算行了，会写自己的名字，会写咱妈咱爹的名字，还能分清林东怎么写，林西怎么写。你看看你这两个姐姐，进了屋认识锅台，出门认识垄沟，不是也得活着。

党桂梅看看大姐和二姐，不哭了，一连好几天谁也不理。她把嘴唇咬出血来，把话咽在肚子里，告诉自己——上不了学，自己也要好好活一把，绝不能傻乎乎地听天由命。

昔日的同学放学回来，从自己家门口路过，党桂梅立刻扭过头去，不看人家怜悯的目光，也不看人家肩头上那叫人眼红的书包。但是她没有忍住，到底还是把同学拦在家门口，问人家今天学校里都学啥了。同学讲给她听，她一只手抱着弟弟，另一只手拿着根柳条在地上写，把生字用拼音注上，用加减乘除小数点，把家里的玉米、土豆和辣椒算了一遍又一遍。一天两天，一年两年，党桂梅有了几分自信——你们坐在教室里，五年级小学毕业；我坐在院子大门口，也不差啥，课本上的生字我都念下来了，加减乘除小数点，我也会使用了。

这件事对于她今后的意义有多大，年少的党桂梅，并没有意识到。时隔多年后，面对我的采访，说起这件事，她灵光一现，拍了一下脑壳说，对劲儿啊——村里和乡里的领导们说我是脱贫路上敢做梦的女人，我这个敢做梦啊，八成就是从那个时候开始的。

面对3700元的饥荒，她对丈夫说，人有两件宝，双手和大脑，咱们不能让它们闲下来。丈夫说，哈下腰杆往上走，多高的山也会给咱们留一条道。

巴林左旗的林缘草原和山地，出产黄芪、沙参、防风等多种中草药，由于天旱，日光照射强烈，其质量是一等一的好，只是当时市场还没有形成，中草药的价钱很低。中草药长在杂草和灌木丛中，让人不好认，好不容易找到了，其根子很深，十分难挖，有时候，为了一棵完整的药材，要将死硬的土地深挖好几尺。挖药这活儿，吃苦不说，也有危险，要时时防着被毒蚊虫叮，要小心爬山踩空，还要躲着荆棘以免划伤手脚。即使在十分贫穷的巴林左旗，也很少有人靠挖药卖钱谋生活。从前挖过药的老人说，猫一天，狗一天，平均下来一天能挣到两三块钱就顶天了。小两口商量了好几次，把眼前能挣钱的事排了个队，发现只有挖药不用先投成本钱，况且地里春种秋收，打理好庄稼，人还有闲空，可以做到两不耽误。再说中草药一般都不是一年生植物，所以，挖药这活儿春夏秋三个季节都可以干。

当他们在夕阳落山的时候，提着半篮子中草药，脸上带着被树枝划破的血印子，身上满是茅草沙尘地回到村里的时候，邻居直接就对他们说了，傻呀，这活也干，这点儿钱就把你们支使成这样。

他们哭笑不得，但没有放弃。后来掌握了挖药材的技术，驾轻就熟，每天可以收入大约 12 元，他们一点点地攒起来，再加上平时省吃俭用，从手指缝和嘴巴里挤出来的零钱，第三年终于还上了 3700 元的饥荒。

无债一身轻，虽然作为年轻媳妇的党桂梅，过年都舍不得买一件流行的新衣服；虽然到了集上，面对小商铺里大红大绿的纱巾，也只能停下脚步看了又看，然后像没听见老板的招呼似的扭头就走，但是她觉得这日子已经很叫人满足了。

党桂梅告诉我："住在她家里的婆婆，每天可以吃上一个鸡蛋了，有时下在面条里做个荷包蛋，有时候还可以让老人换个口味，把鸡蛋用豆油煎一煎。往锅里放油的时候，也不必那么小心翼翼地一滴一滴地往锅里滴了，多倒一点儿也不用那么心疼了。自己有了身孕的时候，想喝一口酸奶，丈夫说，咱们去打牛奶，回来自己发酵。拿上钱，拿上盆，就把牛奶打回来了。"

"儿子出生了，长得虎头虎脑、结结实实的，一逗就咯咯地笑。院子里也养上了鸡，养上了一头大母驴。"

"我们有了儿子，才理解老人们说的话，人心真的都是肉长的。看着自己身上掉下来的肉，看着儿子活泼可爱的样子，我们两口子心里那个爱呀，就像吃了甜菜疙瘩那么甜。我跟他爸说，我这辈子最委屈的就是没好好上学，我要是好好上学，现在没准也能当个东方之子，上个电视啥的呢。那时候中央电视台有个栏目叫《东方时空》，介绍过好几位女科学家、女教授，那都是国家的顶梁柱。我特爱看那个节目，有时看着看着，就忍不住掉眼泪，心想她们虽然不容易，但人家毕竟成功了……我每回说起这话，我们家刘玉国就会接话——供、供、供，咱儿子在乡里上了小学，到林东上中学，然后到北京、上海念大学。等他有了儿子，就到国外去念，做个决定世界大事的人。到那个时候，党桂梅就出名了，人人都知道党桂梅老奶奶不是一般人儿……玩笑虽然开得有点儿大，但是再苦再累，也要把孩子供出来，是我们像铁一样实实在在的想法。"

"可能是由于我长年劳累，儿子早早就没了母乳。给他喝米汤，加点儿牛奶，不行，孩子眼看着就瘦下去了，六个月，连二斤肉都没有长出来，我们心里那个难受啊，缺钱，怎么办呢？挖药材，种地，土里刨食的办法是解决不了问题了。这时候农村的集市活跃起来了，我们这一片的集市也很热闹。看着那些林西镇和林东镇的人，从大城市带回了洗发液、电熨斗、方便面啥的到集上卖，是挺赚钱的。可是我们没本钱，家里有孩子、有地，也出不了远门，那我们能卖点儿什么呢？"

"山根，河套，庄稼地，长啥卖啥吧。玉国手巧，就到河套割了些柳条子，在自己家编土篮，每天干完地里的活，我给他剪柳条，打下手，我们两个人一直干到半夜里，后来他也把我教会了，他编大筐，我编小篓。十天一个集，赶集的地方离我们北房身村八十里，他骑着个载重自行车，带着我，前面车把挂着五个土篮子，我的肩上挎着五个土篮子，再装上点儿葵花子、山杏仁，偶尔带点儿冰糖、红糖，过年过节带些对联去卖。我们挣钱虽然不太多，几年下来也把儿子养大了，还置上了一公一母两头驴，20多只下蛋的鸡，后来又抓了一头小母猪，每年能卖出一窝小猪崽。家里的日子，真是好多了，有盼头了，这时候我们丫头也出生了，我们也成了儿女双全，不愁吃穿的户了。"

儿子听话，又聪明；丫头虽然小，但是是个伶俐的孩子，不到三岁，就能把电视里动画片的故事照讲一遍。党桂梅两口子就盼着两头驴生小驴驹子，慢慢繁殖起来，到时候借上大力，供两个孩子上学的钱就不愁了。好日子的缰绳已经被他们抓在了手里，只要平平安安地过下去就好了。

万万想不到的事情，没有任何预兆就来了。儿子16岁那年，突然身体和精神出现了怪异现象，乱发脾气，乱砸东西，在很短的时间内愈演愈烈，最后到了无法控制的程度。刘玉国和党桂梅赶紧带着儿子到了巴林左旗和赤峰市的医院，确诊的结果为精神性疾病，这个消息简直不啻晴天霹雳，令这个刚刚过上安稳日子的家彻底地塌陷了。

刘玉国知道党桂梅患有高血压，禁不住打击，就劝告妻子，说孩子小，正是长身体的时候，咱们咬牙使劲干，有了钱肯定能治好。说是说，刘玉国的心里还是压着一块大石头，他一个人坐在地头上抽烟，一坐就是一下午。家里所有的存款都花光了，亲戚朋友伸出手来给予的资助也用光了。党桂梅两口子开始借高利贷，二分利，就是说借100元，要还120元。他们豁出去了，想着即使倾家荡产，也得借，万不能把儿子耽误了。里里外外，他们花了28万元。最后实在没有钱了，儿子无法住院，只能在家里服药治疗，效果显然就差多了。一天天劳心劳力地照顾着处于异常状态的儿子，党桂梅感觉自己的身子越来越没劲儿，早上起来从炕上往地上一站，两条腿好像是别人的，泥一样地堆下去。

降压药加了剂量，血压看着是降下来了，压差却拉大了。

她硬挺着，暗暗告诉自己：你可不能倒下去，儿子病了，丫头还小，你要是再倒下，让玉国一个人扛这么多事怎么扛得了。在丈夫面前，她说，我就是急火攻心，吃点儿牛黄上清片就好了。在刚刚上小学的丫头面前，党桂梅还是那个无所不能的妈妈，每天问孩子的功课，让她吃好穿暖，给她打扮得漂漂亮亮的，送她到大门口。

党桂梅到底没有逃过这一劫。一天早晨，她起身时感觉身上很难受，眼前突然一黑，就晕了过去。等到她醒来，一睁开眼睛，天哪，谁给我脑袋上蒙了一块红布？从头上到脚底，都黑红黑红的，窗台上绿色的龙角菊是红的，饭桌上黄色的小米粥也是红色的，看看天，天花板是旋转的，墙角转成了锅沿儿……

住进了医院，党桂梅的病情一时也没见太大好转。问医生，医生说还需要做一些检查，请专家会诊，当然，需要的治疗费也不少。刘玉国在门外和大夫的对话，党桂梅隐隐约约地听到几句，和她猜想的差不多。她闭上眼睛，不吱声，静静地躺了一天一宿，第二天起来，就喊丈夫。她想好了，换下医院的病号服，穿上自己的羽绒服，回家，不治了。

她说："我当时想了，我回去养一阵，好了就好了，不好也不浪费钱。家里的鸡鸭猪，还有攒下来的几百斤小米和干黄芪，全都卖光了，就剩下两头驴了，可不敢再卖了。丫头小，儿子病，往后不得把个闷葫芦似的男人愁死啊。留下驴，慢慢养，年年下两个小驴驹子，还有个活钱，怎么难也要把丫头供出来，将来有个旱涝保收的工作。等到没有我那一天，她爸干不动的时候，也有人养老不是？他哥也得有人管啊，可不能让他脏兮兮的满街跑，让不懂事儿的小孩子们扔石头子儿欺负他。"

叫了几遍，也没有听到丈夫回答，到了下午，刘玉国才一头热汗地进了病房。他告诉党玉梅不用急了，大夫说，这点儿病不算啥，住一阵子院治治就没事儿了。

党桂梅问，你是不是把我的驴给卖了？

刘玉国说，没有没有。

党桂梅急了，一连问了好几遍，那你哪来的钱？

刘玉国脸一绷，呵斥党桂梅，你这个女人怎么回事儿？天塌下来有老爷们儿顶着，都病成这样了能不能省点儿心。

后来，党桂梅出院回家。一进院子，眼泪就止不住了。院子里果然是空空荡荡，安静极了，没有鸡鸣，也听不见驴叫，就连原来准备修房子的砖，也不见了。儿子站在门口，一脚门里一脚门外，直愣愣地看着母亲，就好像不认识一样。丫头小，但是很懂事儿，专挑高兴的事儿说。她说，妈妈、妈妈，我们老师表扬你了，说如果不是你教育得好，我不能当上班长。

党桂梅的姐姐告诉她，那天刘玉国从医院回来卖驴，好不容易找到个想买驴的主儿，人家还"二意思思"的，他就哭着央求人家，就差跪下了："我这是卖了换救命钱啊，我媳妇跟着我，净挨累，一天福也没享，这么好的媳妇说什么也得救她啊……"

一家四口人搂在一起，默默流了半天眼泪。还是党桂梅擦干泪水，把灶火点燃，然后下了一把面条，到地里薅了点儿青菜，全家吃了灾难之后的第一顿团圆饭。她知道，一切都得重新开始了，现在除了背在身上的10多万块钱的饥荒，家里真的是锄子皆无了。

刘玉国和党桂梅刚刚尝到的幸福生活，就这样不翼而飞了。

他们家的日子已经变成了一条无助的小船，在看不到岸的汪洋里勉强地漂泊着。

党桂梅出院以后，身体还是弱弱的，还需要吃药和继续治疗，3年时间，一个40岁出头的女人，头发都白得差不多了。她挣扎着，跟在丈夫后面，下地干活，院里院外地张罗一家人的生活，每天累得直不起腰来。他们种了15亩地，舍不得雇工，全是夫妻俩没黑没白地春种秋收，为的是把从前的日子找回来。可是，毕竟是负担过重，力不从心，生活依旧像一棵不能开花结果的树，冷漠地面对着这一对苦苦追求的夫妻。

2017年，他们家因病返贫，被识别为建档立卡贫困户。

按政策规定,他们家接受扶贫项目资金,养上了7只基础母羊，开始发展家庭牧业。两年后，他们出售了8只羊羔，又买了两头小猪，日子开始有了转机。

镇里的领导、村里的干部、驻村第一书记，都在为他们家寻找挣钱的路子。刘玉国和党桂梅说，政策虽好，咱也不能等靠要。村干部说十三敖包村和新井子村，村民绑笤帚挺挣钱，他们先跟着村干部去，看能不能学会。刘玉国本来就心灵手巧，到了邻村的笤帚加工车间，一看人家那里干得很红火，一些参与的贫困户都有了收益，便静下心来，开始学这项技术。

要过年了，驻村第一书记刘凤鸣来到党桂梅家，给她生病的儿子带来一套新衣服，是用从自己工资中挤出来的钱买的。自从刘凤鸣包户进入这个院子，他给这个饱经创伤的家庭带来了无比温暖，也带来了很多好建议，帮他们解决了不少困难。他自身也被这对夫妻身上自强不息的精神深深地打动了，他发现在这个家庭里做扶贫工作，不存在扶贫先扶志这个程序，只要给这两口子提供了切合实际的项目,他们总是做得超出预期。

刘凤鸣看看院子里的鸡圈,空的,原来党桂梅他们家的鸡每天要出去溜达溜达,吃点儿小昆虫、小草籽什么的,平日的饲料,全是苞米糁、瘪谷子,没有任何人工饲料。她家小鸡下的蛋,蛋壳硬硬实实的,打开往碗里一倒,橘黄色的蛋黄外面,有两层蛋清,里面的稠,外面的清亮,鸡蛋煮熟了,一敲裂壳,满桌子香气。

看看她家的羊圈,地上总是干爽的,一点儿没有屎尿的膻骚气。党桂梅每天都要出去一趟,一并放着羊,赶着鸡,还要带个篮子捎些羊草和野菜回来。她家的羊,不会整天圈在圈里吃喝拉撒,无论母羊还是羔子,都白得跟雪团儿似的,招人喜欢。

党桂梅的儿子谢过刘凤鸣,接过了这套衣服。他自己没有穿,而是来到了妈妈的面前。他说:"妈妈,你整日辛苦,过年了,都没有新衣服穿,这衣服你穿吧!"

党桂梅一下子愣在了那里。

自从儿子得病以后,她每天也不知道要盯着儿子的眼睛看多少遍,儿子的眼神,直接反映他的精神状态,她每每看着儿子的眼神就心痛,痛得心如刀割一般。那是混沌的眼神,冷冰冰的眼神,痴呆呆的眼神。此刻,她盯着儿子的眼神看了半天,一把抱住了儿子,把儿子的脸贴在自己眼前……的确,儿子的眼神变了,有了正常人的情感内涵,儿子说话的表情也是那样亲切,那样自然。

党桂梅激动得两手发抖,她竭力让自己平静下来,像什么也没有发现似的对儿子说:"这衣服是男式的,我大儿子穿正好。"

只听儿子说:"妈妈,那你过年还没有新衣服呢,要不我不要压岁钱了,你自己留着买件新衣服吧。"党桂梅强抑住自己的心跳说:"大儿子,好儿子,妈妈听你的。"

他们家的丫头叫刘慧怡，从小受党桂梅的影响，要强、上进、善解人意。

这时候她也看出了哥哥的变化，聪明的丫头不露声色，附和哥哥说："妈妈，我也不要压岁钱了，你留着买件新衣服穿，你看你，身上的棉袄袖子都磨破了……"

党桂梅一把搂住两个孩子，紧紧地贴在自己的胸口上，眼泪再也止不住了，难道从前的日子要回来了，难道从前的幸福要回来了？

这一天，党桂梅比什么时候都盼着刘玉国回家，她要把这个好消息告诉丈夫。

往常，党桂梅心疼劳累了一天的丈夫，总是先招呼丈夫坐下来，全家一起吃了饭，让他抽根烟，歇一歇。到了很晚，夫妻俩才有时间说点儿话，商量点儿事儿什么的。此刻，她实在按捺不住激动的心情了，刘玉国一进门，她就把丈夫拉进里屋，说："我有一个好消息要告诉你。"

谁知道，刘玉国说："我也有个好消息要告诉你。你看看外屋，我给你带来啥好东西了。"

党桂梅说："你让我先说。"说着，眼泪就流出来了。

刘玉国给党桂梅带回来的是两把笤帚。这两把笤帚是他自己学着绑的，是他在外村学习的毕业作品。

内蒙古东北部大兴安岭东南部的农村，有50多年种植笤帚苗子的历史，不过所产的苗子都廉价地卖给了外地客商，当地农民自己制作笤帚，是在全国上下开始脱贫攻坚之后。刘玉国拿回来的成品笤帚，和当时外村乡亲们绑的成品有所不同，他绑的更精巧、更漂亮一些。

刘玉国说:"你看没看出点儿门道?"

党桂梅说:"我知道,你把塑料绳和丝绸带子都扎进去了,变出花样了。"

刘玉国说:"我的基本功还是不行,手劲不匀,分缕也不准,但是咱下力学,也不是啥难事。现在手工活儿受欢迎,消费者买啥东西都喜欢精致的。要是弄好了,一把小笤帚就能卖50元钱呢,大笤帚卖100元也不是问题呀。"

党桂梅飞快地算了一笔账,家里的15亩地,过去种笤帚苗子,能卖出四五千元,要是用自家的原料绑笤帚,收入可要翻上七八倍呢!

邻居大嫂在村里遇到党桂梅,很奇怪地问她,桂梅你家电灯开关是不是不好使了,怎么晚上老也不闭灯啊?大嫂子不知道,这两口子又像当年上山挖药材一般地干疯了。起早贪黑一个月,他俩拿下绑笤帚的技术,还开始了自己对自己的挑战,自己学着设计花样、设计造型。心情好,身体就好,党桂梅好像把有病在身的事情都给忘记了,每天忙得不亦乐乎。家里有了钱,儿子得到了更好的治疗,身体和精神也一天天恢复,可以帮助父亲照看牲畜,帮助母亲干一些体力活了。

党桂梅跟我说:"真的,是脱贫攻坚的好政策,让我们家登上了顺风的大船,跟上了时代的脚步。"

收获总是属于不辞辛苦的人。刘玉国和党桂梅成了远近闻名的绑扎能手。他们把自己绑的笤帚拿到了市场上销售,其中有结实的扫地笤帚,有轻巧的扫炕笤帚,有很多种装饰用的观赏笤帚。根据市场的需求,他们不停地探索新的笤帚花样,例如民俗中给婴儿放在枕边压惊的迷你小笤帚,放在汽车里除尘用的长把短头笤帚，老人喜欢的锤锤乐……结果喜欢的人越来越多，第一桶金就这样来了。党桂梅没事算了又算，如果就照这个路子做下去，不出两年，他们一家会过上富足有余的好日子。

如果在绝地翻身伊始，埋头自扫门前雪，一心一意地把自己家的致富工程经营好，也是无可非议的。但是党桂梅和刘玉国心里，正琢磨的是，哈拉哈达乡北房身村，有100多户，一般一口人三亩地，基础很薄，卧床不起的，一家有两个残疾人的，因各种原因致贫的，比自己家贫困的还有不少。党的政策帮助了咱，咱好意思看着他们受穷吗？

为了能带动其他贫困户一起从事笤帚加工，两口子把自家的两间屋子收拾出来当扶贫车间，但手头钱紧，不够用。聪明手巧的刘玉国就自己制图，自己动手焊接，用废弃的自行车改装出一套笤帚苗绑扎架子，接着边用边改进，制作出了集绑扎工具和案台于一体、同时容纳六人操作的绑扎工作设备，大大地提高了工作效率。刘玉国和党桂梅当师傅，把绑笤帚的技术传授给了20多位村民，让他们到车间学会技术，各自回家绑笤帚，然后借助扶贫创业车间的市场渠道出售。

我走进党桂梅家的场院和住房，远远就听到了妇女们快乐的说笑声。现在，乡里用扶贫资金，给党桂梅家修建了专门置放笤帚苗子的大仓库，又更新了扶贫车间的生产设备，村里的妇女和老人们，也有了用武之地，不用风餐露宿，不用单独经营，只要学了技术，就可以来他们家的扶贫车间挣到钱，过舒心日子。

党桂梅和刘玉国被评为脱贫攻坚内生动力示范户。2018年三八妇女节，党桂梅在镇政府举办的"笤帚苗加工技能比赛"中荣获优秀奖，他们家彻底甩掉了贫困户的帽子。2019年他们种植了 30 多亩笤帚苗，带动 10 个贫困户一起脱贫。他们的精品笤帚，在市场上纷纷走红，已经卖到了北京、天津、石家庄等地，有一位著名的影视演员一次就购买了 300 多条。

底气足了，党桂梅侃侃而谈。在采访结束的时候，党桂梅说咱们俩加微信吧。我看到，她给自己起了个网名，叫红星向党，很多人在微信上订购她的笤帚。

我起身告别，党桂梅拉着我的手，不让我走，非让我去看看她丫头的奖状。

党桂梅告诉我，她去学校给丫头开家长会。老师告诉她，刘慧怡学习好，又懂得谦让，对于有缺点有困难的同学很热心。党桂梅说她心里明白，他们平日里对女儿的教育，如今显了效果——能站起来走路，没人会愿意爬着走。他们困难过、穷过，要是没有人帮，能站起来吗？所以我们到啥时候也不要看不起穷人，看不起弱者。你手心里有硬币，就不要攥着握着，要用手托着，递给这个世界。

回来的路上，党桂梅去了书店，买了一套四大名著，作为对女儿的奖励。

光 东 村

◎任林举

你们要从这里出发
过这条大河
抵达你们的应许之地

十月的艳阳依然灿烂。路边的庄稼虽然大部分已经收割完毕，但五颜六色的波斯菊还在迎风绽放。微风中，摇摇晃晃的花朵，像一个个闪亮的灯盏，照耀着天空，也照耀着这个金色的季节。

车从延吉出发，过龙井市，再前行10公里就到了久负盛名的光东村。

说光东村久负盛名，似乎也有一点儿夸张。这个坐落在海兰江畔的朝鲜族村庄，不过是在2015年7月之后，才变得广为人知。在之前的近一个世纪的时光里，光东村一直躲在中俄边境的大山里，默默无闻。也只有最近几年，它才名副其实，在星罗棋布的小山村里绽放出夺目的光彩。

据光东村的老者回忆，光东村之所以叫这样的一个名字，与它的地理位置有直接的关系。这个建立于 1934 年的小村，因为归属于和龙市东城镇管辖，地处东城镇辖区的最东部，又是山间的一个小型平原，方圆百里光照最充足的土地，所以取名为光东。

说是获得新生也好，说是丑小鸭已经出落成白天鹅也好，如今的光东村，无论你动用的是视觉，还是敏锐的感觉，都已经很难捕捉到传统农村的"土"和"俗"。房屋清一色是黑瓦、白墙、大坡翘角的朝鲜族经典民居，古朴典雅，仿佛每一座房屋都是历史的遗存。房屋外是砖混结构的花墙，墙已被漆成白底蓝边的彩墙，其间，偶尔点缀着零星的花草和民俗画，不密、不乱、不俗，足见设计者的品位和用心。墙外是各种树木、花草，墙内是蔬菜、药材等庭院经济作物。有一些房屋的门前特意搭建了木质平台，房前房后只种植了各色鲜花，那是被旅游公司改造过的民宿，在古代，应该叫作"客舍"。村子的主街道和每一条巷道都已经"硬化"成了水泥路面，路边的排水沟的修葺和垃圾箱的摆放，虽然是为了实用而设，看起来却像一种漂亮的装饰。举头，就能看到村里几处高大一些的建筑，是两座会馆和一处稻作文化展览馆，虽如鹤立鸡群，却在外观和风格上与其他民居构成了一种呼应、互动与和谐。旅游公司的会馆门前已经停靠了四五台大巴，一个身着朝鲜族传统服装的导游，正拿着一面小旗带着一大堆人在村街上行走。一个几千平方米的门球场上，一些老人们正在聚精会神地游戏。远处隐约传来洞箫、唢呐和伽倻琴混杂的乐声，广场上在进行一场盛装的民族舞表演……看来，这又是光东村繁忙而热闹的一天。

光东村党支部书记金英淑是 30 年前嫁到光东村来的。在现有的村民中，她最了解光东村历史。她觉得光东村从无到有，从贫到富，从过去那种脏乱、落后到今天的现代、美好，完全是朝鲜族村庄发展的缩影，很有必要收集、整理和记录下来，告诉后来人，这里都曾经发生过什么，是怎么一步步变成现在这个样子的。金英淑和光东村的很多村民一样，有一个没有办法克服的"短板"，就是汉语不够好，有一些年纪更大的人，至今无法用汉语和外界沟通。于是，她就和驻村第一书记玄杰研究，要找一个既了解光东村历史又有一些文字功底的人，把光东村的村史整理出来。

更远的历史，可能就需要用专业手段在各种文史资料中搜集、"打捞"了，但近半个多世纪的历史，金英淑还是比较熟悉的。讲起来，更是感触良多，欲罢不能。

金英淑出生于20世纪60年代。从小到大，始终没有脱离过农村生活，记忆里深深地刻印着过去农村生活的艰苦。那时，不管哪个村庄，朝鲜族的房子基本都是一样的，泥墙、草顶、土院子，夏天下雨一脚泥，冬天四壁挂满了霜。不但住的条件差，穿的、用的、吃的都很差。每个人身上的衣服都打着补丁。现在人们已经想象不出打补丁的衣服是一个什么样子了，但那时，人们看到了谁穿的衣服上没打补丁，眼睛都会一亮。至于吃的，就更加糟糕，这些种庄稼的人，却每年都要忍饥挨饿，因为农民们也和城里人一样，埋头于斗争，并不关心种地的事情。一年到头拼命干活，干的都是面子活儿，搞形式，搞教条，比如在平地上造梯田，比如在并不干旱的土地上大搞水利工程……很多劳动并不能产生实际的效果。到了秋天才知道，土地和庄稼对那些事情投了反对票，干脆不出粮食。不出粮食，也要按当时的制度交公粮，于是，农民自己的粮食也不够吃了。

20 世纪 90 年代初，也就是金英淑刚嫁到光东村那几年，国家改革开放的力度加大，久被禁锢的村民们仿佛一下子获得了自由，纷纷如受惊的鸟儿，被一种潮流裹挟着，慌乱地飞离了原来的土地和村庄，很多人特别是思想比较活跃的青年男女，都选择了劳务输出，去国外打工。光东村原有在籍户数 301 户，在籍人口 787 人，经过多年不间断地出国务工，实际在村居住人口只有 160 余人，且剩下的基本都是老弱病残人员。

2016 年，延边州农村旱厕改造试点就从光东村开始了。接着，脱贫攻坚战也开始了，村里就像发生了什么奇迹一样，一切都迅速好了起来。民宿项目火了，大米也出名了，村民们的日子过得越来越好了，精神状态也不一样了……几年之内，出国打工的人再回来，都大吃一惊，说光东村变得快让人不认识了。

现年 71 岁的高炳日和二级残疾的妻子金允子，是这个村最典型、最困难的贫困户，由于两人均已没有劳动能力，生活来源只能来自土地租金和政策性收入。一张扶贫卡片将他全部的收入列得清清楚楚——低保金 10308 元、养老保险金 2040 元、项目分红 2600 元、土地租金 3600 元、农补 1744 元、赡养 2500 元、共享庭院 500 元、残补 1920 元、精准增收 600 元，家庭年收入 25812 元，人均收入 12906 元。他们早在 2017 年就已经脱贫。如果贫困村民年纪不算太老，还能够在水稻合作社、旅游公司或村环境建设中打一点儿零工，收入提升幅度就会更大。对于一般的贫困户而言，除了政策性收入外，在外地打工的子女也会寄钱回来赡养父母。至 2018 年底，光东村所有的贫困户都已经全部提前脱贫。

金君是光东村走出去又飞回来的年轻人代表。去日本留学时，他还不到20岁。因为家里经济条件不好，留学期间必须要不断打工才能维持自己的学习、生活费用。很多从中国农村去的孩子，由于年纪小、生活经历少，没有任何技能，只能在日本的饭店里择菜和洗碗。这些工作本来就简单、枯燥、报酬低廉，种种原因，学生们也很少能够在一个地方坚持干很久。但金君不一样，在他打工的寿司店，学生们来了又走，换过无数茬，其中有自己主动走的，更多是被饭店"撵"走的，最后只有他一直还留在那里，一干就是三年。寿司店的老板是一个慈祥的老者，员工们都尊称他为"老爸"。金君的沉默、耐心、精细和坚忍，让"老爸"看在眼里，渐渐地喜欢上了这个沉默寡言的小伙子。

7年的留学和工作经历，让金君完全适应了日本的城市生活。这期间，金君又结识了在日本工作的延吉姑娘方雪花，两人确立了恋爱关系。正在他们谈婚论嫁，准备在日本建立一个美满家庭之际，金君接到了叔叔金淳哲的电话，要求他回来接替自己经营田产。这个意外情况，使金君陷入两难境地。回，就要放弃多年来的梦想，"一键清零"多年的奋斗和努力；不回，又伤了父辈情感和意愿，辜负了他们的苦心。为慎重起见，他特意带着方雪花回到了光东村，当他全面了解了国内农村产业政策和光东村的现实状况后，觉得走一条农村产业现代化的路子，可以干一番无可限量的大事业。虽然困难要比想象的大一些，但前景和发展空间却非常广阔。最终，他决定放弃海外生活的安稳和安逸，选择一条回乡打拼、创业之路。

2009年夏天，金君携恋人方雪花回到了自己的出生地——光东村，从叔叔手中接过了20公顷土地，一个碾米作坊和平岗大米、琵岩山大米两个品牌，开始了在家乡的艰苦创业。

2015年时，金君的大米加工厂规模还很小，设备也相对落后，加工能力远远满足不了市场需求。而且，村里大部分农户都是将粮食卖给中间商，大米价格始终保持在低端水平，没有形成品牌，更谈不上附加值。很长一段时间以来，他就在酝酿如何进一步加快光东村的大米品牌建设。恰好这时和龙市出台了产业扶贫贷款政策，对参与脱贫攻坚的企业予以贷款扶持。此项政策也恰好契合了金君的内心想法：一是要扩大再生产，二是要让村子里的人包括贫困人口都因为自己的企业受益。于是，他马上向市里申请贷款了100万元的扶贫资金，又通过个人渠道自筹600万元，购买了一些水稻加工设备，扩建了厂房，并创建了"吗西达"大米品牌。

从此，金君的企业发展和开销里，便事事与村里的贫困人口有了牵连。在100万元的扶贫资金里，每年他要拿出8万元用于光东村贫困户的分红和增加村集体收入。同时，为了帮助村里无劳动能力农户增收，金君以高于土地流转市场价500元/公顷的方式，流转了62户农户的土地，成立了专业农场。农场直接从经营利润中列支了光东村13个贫困户共19人的分红款。

同样是活跃在光东村并支撑着光东村运行和发展的年轻人杨丽娜却并不是光东村人。

2011年，杨丽娜刚到光东村时还是个20岁出头的小姑娘。大学毕业后，杨丽娜几经选择，决定投身旅游行业。起初，她在长白山的一家旅游公司做计划调度工作。后来她发现，依托旅游资源十分丰富的长白山，完全可以放开手脚做一番大事业。经过一段时间的酝酿、考察，她干脆辞去了原来的工作，建立起了自己的旅游公司。凭着对旅游市场的准确把握和丰富的人脉关系，她的旅游公司很快便成为长白山旅游市场上的后起之秀。

2012年，政府强力推动的农村泥草房改造工程再次给杨丽娜提供了商机。经过三年时间，光东村的住房全部改造成焕然一新、独具朝鲜族民族特点的民居。由于村民纷纷外出，这些民居空置率很高。这时，头脑灵动的杨丽娜又开始勾勒起另一幅美好的蓝图——如果，把路过的客人留下，让他们全方位体验朝鲜族风情，住朝鲜族民居，吃特色风味，看民族歌舞，购买特色农产品，与村民互动……如此一来，客人的需求得到了全方位的满足，公司的业务领域得到了进一步扩大，光东村的知名度得到了进一步提高，村民的收入渠道也将进一步增加。一举多得，岂不完美！

杨丽娜至今也说不清为什么一来到这个村子心里就有一种说不出的喜欢，包括村子整体的感觉和那些虽然陌生却让人感到亲切的人们。在杨丽娜看来，仿佛这村子的每一座房屋、每一条街道和每一棵植物都有表情、有情感，都让她置身其中感觉到妥帖和安然。这就是一个人与一个地方的"缘分"吧？也正是这莫名的喜欢让她心甘情愿地把自己当成光东村的人；也正是这喜欢，让她以轻松的态度克服和解决了一个又一个困难，并坚定不移地留在光东村。

在这次遍及全国的脱贫攻坚战中，杨丽娜主动承担了光东村的脱贫攻坚任务。2019年元旦，旅游公司又开始忙着给各家各户发东西。当发到村民金南洙家时，杨丽娜突然想起来这个老人已经不在村子里了！自从2013年以来，这个患有严重精神疾病的老人就一直由杨丽娜的旅游公司来包保、照顾。杨丽娜就像照顾自己的亲人一样，不但负担了他的生活费用，而且经常带人去他家帮助料理家务。这个谁都不愿意管的人，杨丽娜却一管到底。

老人发病时，到处骂人、喊叫，但就是对旅游公司的姑娘们好。说不上哪一天，他感觉女孩们"不好看"，便回家翻出一堆衣服给她们穿。哪怕他的病正在发作期，只要一见到杨丽娜，立即安静下来，乖乖地听她的话回到家里。如今，老人已经被村里送到了精神病院，人去屋空，杨丽娜触景生情，不禁流下了眼泪。

表面刚强的杨丽娜，内心却敏感、柔软。脱贫攻坚战开始，公司包保了光东村一些贫困户。杨丽娜包保的那个贫困户是一个老太太带着一个父母双亡的小孙女。老人不认识汉字，给她发的食品和电器什么的都不会使用，只要老太太打电话求助，不管多忙，杨丽娜都会尽快赶去教她如何使用。老太太的孙女叫李智恩，闲暇时杨丽娜就会和小女孩多说一些话，像妈妈一样，耐心细致地教她一些好好学习和如何做人的道理，有时也谈一些内心的渴望和情感方面的事情。小智恩就告诉她，最羡慕那些有爸有妈的孩子，放学时还有爸妈开着汽车来接。孩子内心的渴望，杨丽娜记在心里，过后就特意安排一个员工有时间就开车去学校接智恩一趟，也让孩子感受一下被人宠爱的滋味。

某天，小智恩看见杨丽娜穿的裙子好看，便依偎过来，抱住她，很好奇地用手抚摩她的裙子。杨丽娜看出了小女孩的心思，再看看她一身粗糙的衣服，又不禁心生怜悯，泪水潸然。第二天，她就亲自去商店给孩子买了两套漂亮的裙装。

为了让光东村老人们过上既快乐又有意义的晚年生活，杨丽娜将旅游项目和民间资源整合起来，成立了独具特色的老年演出队。

成立演出队时，方顺烈第一个报了名。由于他舞蹈功底好，有艺术天分，又会吹洞箫和萨克斯，很快就成了演出队的灵魂人物。为了把舞跳得地道漂亮，他自费去延吉市找师傅指导。为了把乐器玩得更专业，他天天关门苦练，吹出的曲子听起来都很专业。这两年孩子们和老伴经常催促他多去韩国陪家人，但他实在忙得脱不开身。他一走，演出队的表演一下子大打折扣。关键是，旅游公司的年轻人天天围着他身前身后地转，哄他开心，不愿意让他走。整个旅游旺季，几乎天天有表演，最多时演出队一天表演了 6 场。根据光东村和旅游公司签订的合同，表演一场旅游公司给每个队员报酬 50 元，给光东村 100 元。钱多钱少老人们并不是很在意，他们在意的是这件事本身给村子带来的利益和给他们自己带来的快乐与价值。

　　配合得时间久了，老人们和旅游公司的年轻人便像一家人一样，融洽而亲切。旅游公司的小女生们，都管方顺烈叫方叔，但方顺烈却像小伙伴一样与女孩们相处，他在说说笑笑和唱唱跳跳中过着童年一样快乐、无忧的生活。

　　又一场表演在村子的广场上开始了。老人们身着节日的盛装，白的如云，粉的如花，踩着音乐的节拍，踩着风，围着广场的边际一圈圈舞蹈……阳光洒在他们随风舞动的衣裙上，也洒在他们快乐的脸上，看上去，这样的一群人像是在大地上飘飞，也像是在云端行走。

"红三代"的产业扶贫

◎潘小平

一

跟在长岭关村产业扶贫带头人罗先平的身后,前往他的元胡种植基地,是一天中太阳最为炽烈的时候。

长岭关村坐落在皖鄂交界处,两省三县接合部,全村10个村民组,671户人家,2453口人,有5个村民组分布在省际边界线上。这里地处江淮分水岭上,自然条件差,资源匮乏,气候恶劣,人称"北风袋子底",人均耕地不足0.5亩,是全省闻名的贫困村,曾一度是安徽省原省委书记卢荣景的扶贫点。

52岁的罗先平看上去很矫健,这得益于大别山的山水,当然,更得益于长年的劳作。坐在办公室里的人,是没有如此敏捷的身手的。顺陡坡而下,是一条深壑,他轻松一个跨步,就跃过去了。

罗先平原先是长岭关村的村主任,现在是"金寨县土生金家庭农场"法人,2009年入党。罗先平的公司,之所以取这么个名字,是因为在他看来,中药材就是"土里生金"。他最早是做中药材生意的，从一家一户老百姓的手里收购大别山的野生中药材，然后卖到山外去，生意做得还可以。2001年，他到霍山去收灵芝，看到他们当地人的生活富裕，心里很是羡慕，想着：自己家乡啥时候才能过上这样的日子呢？后来他入了党，当上了村委会委员，2011年又当上了村主任，开始有了责任意识。去年换届时，他主动退了下来，一心一意发展中药材规模种植，带动群众脱贫攻坚。

远远看去，坡下的元胡地里密密麻麻，满是刨元胡的人。男女老少都有，但大部分是妇女，戴着遮阳帽，穿得花红柳绿。刨元胡要蹲在或是坐在地上，顺着地垄一点儿一点儿地往前翻刨，才能"颗粒归仓"。元胡又名玄胡，性温，味辛，有止痛功效，为大宗常用中药材。这一带海拔高，昼夜温差大，微酸性沙质土壤疏松肥沃，加上大别山的好水质，特别适合一些高品质中药材的生长。

看见我们过来，60多岁的贫困户陈友明最先停下手中的活计，不断地用手比画着，很急切地想表达什么。他是聋哑人，村里的五保户，小时候得过小儿麻痹症，手脚也不灵便。所以他刨元胡是坐在地上，一点儿一点儿地往前挪。边上的妇女一边手脚不停地干自己的活儿，一边给我们翻译：他说他一天能挣60多块钱！

陈友明仰起脸，孩子般粲然一笑，突然扬起铲子，飞快地翻刨起来。

陈友明的日常生活，由他在小学校里当老师的堂弟照顾，平常干部们到他家里去得也多些。刨元胡的男劳力，贫困户、五保户居多，陈友学、陈友石，都是一辈子没有成家，都是孤寡老人。他们老兄弟几个，都在罗先平的地里干活，刨一斤元胡一元钱，当天结算。手脚快的，一天能挖130斤左右，妇女们的手脚，明显比陈氏兄弟要麻利。她们中也有很多是贫困户，有的是从湖北麻城木子店过来的，骑电瓶车，半个多小时就能到。

刨开来的地垄黑油油的，阳光下泛着一层油光，当地叫作"沙甜土"。不过也是因为上了鸡粪，才有这样的效果。鸡粪是从合肥的养鸡场里拉过来，10块钱一袋，"不下本钱，就是不照！"罗先平说着笑了。"照"是江淮土话，"行"的意思。对面坡底的元胡地里，也有20多人在干活，妇女们鲜艳的服饰，在田野里渲染出一派亮色。

"最多四五天，也就干完了。"罗先平迎风站着，淡淡地说。

午后的山野烈焰升腾，但山风劲爽，远山近水，都铺满了光照。鲜元胡5元钱一斤，亩产800—1200斤之间，去年行情差一点儿，4.5元一斤，但罗先平也收入了70多万元。元胡和贝母都是5月里收获，之后正好可以种一季水稻。而水稻和药材轮种的方式，也大大提高了每亩地的产出值。罗先平的种植基地，吸纳了62名贫困户务工，其中还有40户自己参与种植。农户将土地流转出去后，不仅有租金收益，中药材每亩也有5000—6000元的收益，大大提高了土地的产出和收益。

去年一年，加上水稻的收入，罗先平一共挣了100多万元。除了通过流转土地，自己的农场种植各类中药材230亩外，罗先平还带动52户种植了200多亩，不仅是在本村本镇，而且辐射到周边漆店、沙堰、古碑、花石等其他乡镇。而去年在罗先平的家庭农场务工的，共有329人，其组织和带动作用都十分明显。

"经济作物，打的就是个时间差，收了稻子种元胡，无缝对接，才能不误农时，增效增收。"

因为元胡是用鸡粪做底肥，所以罗先平的稻子品质也特别好。

去年，罗先平的稻子卖了 8 万多元，正好把土地流转费这一块，给找补平了。除元胡之外，罗先平还投入 120 万元，建了一个羊肚菌基地；和漆店村的张家旺合作，搞了一个竹荪基地，也带动了周边很多贫困户。用的是"三变"资金，政府给了 40 万的支持，属于产业扶贫专项资金，不需要担保。所谓"三变"，指的是资源变资产、农民变股民、资金变股金，是中央发挥财政资金撬动作用，助力脱贫攻坚的一项具体措施。

在物资贫乏的 20 世纪七八十年代，农村集体产权改革带来了生产力的极大释放，但经过近 40 年的去组织化，如何把农民再组织起来，是一个需要面对的现实问题。而把农村资源变资产、资金变股金、农民变股民的"三变"改革，不失为振兴农村集体经济，实现农村产业兴旺的一项具体措施。对于所带动的农户，无论是元胡、竹荪还是羊肚菌，罗先平全部"包回收"，使种植户完全没有后顾之忧。他首次种植的 30 余亩竹荪也喜获丰收，每亩产值 2 万多元、纯收入 1 万多元。

从 2017 年开始，金寨实施脱贫攻坚"联帮工程"，组织农村有帮带能力的党员、入党积极分子和能人大户与贫困户结对，进行脱贫帮扶。曾是中药材经营大户的罗先平，通过帮扶村里 21 户贫困户种元胡，贫困户户均增收超过 7000 元。

二

在长岭关村，罗先平还是远近闻名的"红三代"。

罗先平的祖父老兄弟九个，其中六人参加了革命，五人牺牲在了外头，只有一个人受伤归来。

爷爷罗从松跟着红军走的时候，罗先平的父亲罗真旺还没有出生。是腊月二十三那天走的，据奶奶后来说，当时家里的吊罐里，正炖着一个猪头，准备过小年。湖北那边的土匪过来打劫，见啥拿啥，最后连吊罐也一起抱走了。仗着家里的弟兄多，爷爷他们就和土匪们干了一仗，结果打伤了一个土匪。害怕报复，爷爷他们老兄弟几个，就都从屋后跑进大山，参加了红军。

爷爷走的时候，大伯才12岁，两个姑姑还很小，都被土匪抱走了。后来打听到，其中一个被卖到了湖北的三河乡，给人家当童养媳。这个姑姑解放后，自己找了回来，背着一口袋馍，走了三天三夜，才摸到了家门口。而另外一个姑姑，就不知到哪里去了。

爷爷的哥哥——罗先平的大爷爷走后，大爷爷12岁的儿子罗资富，被送到湖北一个地主家放牛，吃尽了苦头。刘邓大军挺进大别山，他遇见了部队，觉得找到了亲人，就主动给部队送信，被国民党抓住。敌人把青砖绑在他腿上，吊到房梁上打，手臂因此受了重创，终身不能干重活。还有一回他为部队送信，被山里的豹子咬伤，奄奄一息地躺在山道上。解放军路过，把他救了下来。罗先平说，小时候，夏天热起来以后，他不敢看大伯罗资富的胳臂，他的胳臂上、腿上，伤痕累累，吓死人了。他是2006年去世的，一辈子不能出力，重活累活，都是罗先平的父亲帮着干。父亲3岁时，罗先平的奶奶去世，是罗先平的四爷爷把父亲养活大的，四爷爷在湖北打长工，养活哥哥的遗腹子，一辈子也没有结婚。

"是我的父母，把他老人家送上山的。"罗先平说。

坐在老屋的山墙下面，听罗先平讲述他的家族往事，深受震动。他爷爷走了以后，一直没有消息，直到新中国成立后，陆续收到了五张烈士证，罗家人这才知道，出去的六兄弟中，五个人都已经牺牲了。只有二爷爷在长征途中,腿部受了伤,手指头冻没了,耳朵也冻掉了,和队伍走散之后,装成哑巴一路上讨饭回来,吃尽了千辛万苦。

二爷爷死后,埋在了老宅后面的山坡上。

五张泛黄的革命烈士证,罗先平精心保存着,每一张证书的背面都有一个印戳,正面分别写着罗家五兄弟的名字:罗从松、罗从盈、罗从恩、罗从露、罗从清,以及烈士亲属应领取的抚恤金金额。罗家人一直不知道,他们都牺牲在了什么地方,一直希望能够寻找到他们的遗骸。2018年,六安电视台《直播六安》栏目,发起"红色血脉——寻找革命烈士后人"公益行动,经过半年多的奔波、寻找、查证,30位长眠于川陕路上的团级以上六安籍革命烈士,有10位找到了自己的后人。

罗先平的大爷爷罗从盈牺牲时,是红四军11师32团团长,他目前安葬在川陕革命烈士陵园。得到这一消息,罗先平第一时间打电话给大爷爷在外地的孙子,商量一起去四川祭拜的事。另外四弟兄还没有下落,罗家人希望他们也能够早日魂归故里,叶落归根。现在,他们的名字都铭刻在了金寨县斑竹园烈士墓园的烈士名录上,每年的清明和正月十五,罗先平都会带着孩子,去给他们送灯。

三

进入12月份,又到了天麻收获的季节,金寨县斑竹园镇长岭关村的村民们,又开始忙碌起来。连日来,每天一大早,村民们就带着工具上山收天麻,"一锄头挖下去,刨开土,密密麻麻的天麻，就像一个个圆滚滚的地鼠，从土里钻出来。"村民们这样给我描述。

2020年4月20日，在长岭关村村部，驻村扶贫工作队正和种植大户罗先平一起，与村民熊德军签订中药材元胡的收购协议。熊德军说，他2019年一年，靠着种植元胡一项，收入超过了5万元，不仅脱了贫，还搬进了新屋。尝到了甜头，今年他把自己的元胡种植面积扩大了将近一倍。而像熊德军这样准备签约的种植户，一共有19户，其中有4户是贫困户。看到有的人犹疑，罗先平安慰说："你思想上不要有顾虑，你种好多，我收好多。"签了协议之后，罗先平免费提供种子，包提供技术、包回购。目前，长岭关村中药材种植面积已经达到了500多亩，去年全村收入达到了300多万元，人均年增收超过3000元。而以长岭关村为中心，覆盖沙堰村、漆店村的中药材种植基地，有1000多亩。

近年来，斑竹园镇从镇情实际出发，依靠地域和中药材资源优势，以元胡、天麻为主导产业的"一村一品"，逐渐形成规模。长岭关村是"一村一品"示范村，主导产业就是发展中药材种植。为了持续推进中药材等产业多方面发展，该镇组建了一支业务素质高、行动执行力强的生态种植服务队，对全镇的种植品种进行深度研究。他们常年深入田间地头，对产业进行指导，排查病虫害隐患，掌握产业的发展现状、需求和存在的困难，为产业持续兴旺发展，打下了坚实的基础。

昔日贫穷落后的长岭关村，如今已经发生了天翻地覆的变化，多年的牛贩子熊心成，变成了养牛大户；熊心宏变成了养鱼、养猪的综合养殖大户；乡村经纪人罗真虎、徐烽、罗延国、罗先平、丁锋、郑才宏等人，一年四季活跃在城乡之间，成为带动贫困户脱贫的主心骨。现任村支部书记丁永书，是担任了 21 年村支书的老村干，亲历了这个村的贫穷与困苦，也见证了这个村的改革与发展。他深有感触地说，是党的政策好，才有长岭关人今天的幸福生活。目前，这个村 46 个"五保户"都老有所养，孤寡老人不再孤单！

2018 年，长岭关村整村出列。

霞浦的美丽事业

◎许　晨

这是哪里啊？是天上人间，还是奇幻仙境？

晚霞映照的海面上，波光粼粼、宁静安详，一排排竹木搭建的渔屋整整齐齐，犹如八卦阵一般；几条升起风帆的小船从中悠然穿过，恰似翅膀上背着暮色回巢的归雁；远方矗立着几座小岛，沐浴着落日的余晖，在海天的背景上留下了一道道朦胧而美丽的剪影……

此情此景，不由得让人联想起唐代大诗人白居易的诗句："忽闻海上有仙山，山在虚无缥缈间。楼阁玲珑五云起，其中绰约多仙子。"确实，这绮丽动人的景色还真是来自"九霄云外"。不过与神仙玉帝无关，而是随神舟九号飞船发射，由航天员景海鹏、刘旺、刘洋带上太空的摄影图片。

这是经国家特别批准随"神九"上天，由我国香港著名摄影家简庆福精心拍摄的一组6幅作品，上述照片即为其中之一，名为《霞浦风光》。随着航天员顺利出舱，向公众一一展示遨游太空的物品，这张展现中华大好河山的风景照片迅疾传向全世界。

霞浦，这个华夏大地的海滨县域也就更为世人所知了。

然而，真正把美丽的霞浦发射到天外的"推手"，是一位名叫郑德雄的霞浦人。他现为中国摄影家协会会员、宁德市文联副主席、霞浦县摄影家协会主席。可以说，在他和朋友们发现并大力推介家乡的美景之前，霞浦还只是闽东海边的一个普通穷县，海阔滩多，风雨无常，连家船民蜷缩在小船上四处漂泊……

直到有一天，郑德雄和他那些喜欢摄影的朋友来了，"杨家有女初长成，养在深闺人未识"的景色，通过照相机的镜头传遍天下，达到了"回眸一笑百媚生，六宫粉黛无颜色"的效果。由此，人们认识到了这里的自然之美，其独特的滩涂及海岸线，吸引了全国各地的摄影师和游客纷至沓来。国内外摄影界赞誉它为"中国最美丽的滩涂"，随之带动了一批新兴产业，走出了一条独特的文化扶贫之路。

一

霞浦，这是一个富有诗意的名字。霞，朝阳或夕照的景观，浦，江河流水入海的地方，合称即为朝霞或晚霞的栖居地。嗬，一派诗情画意，令人心向往之！可是多年以来，这里并不像其名字那样美好。

它地处福建省东北部，台湾海峡西北岸，隶属于宁德地区。按说，这里山海资源十分丰富，适合养殖紫菜、海带、大黄鱼等海产品。生活应该不差。但由于种种原因，老百姓无论是山民还是船民，曾经长期在温饱线上徘徊。

到了20世纪80年代末期，虽然霞浦人吃穿没有问题了，但那独具特色的山光海景，远没有被人们认识到……

此时，霞浦出了个郑德雄，有意无意间闯出了一条新路。

他的家乡长春镇大京村，就是霞浦县东南沿海的一个小渔村。这里位于东冲半岛近陆端，属亚热带季风性湿润气候，有一片迷人的大京海滩，沙子雪白雪白的，吸收了阳光的热量，踏上去温而不烫。沿着斜坡慢慢往下走，沙子渐渐潮润，沙地也就坚实起来。

小时候，郑德雄放了学之后，时常跑到这里与小伙伴们戏水玩沙，赶小海挖蛤蜊，听涛声拍岸，看潮涨潮落，对家乡的海充满了热爱。就像一首歌里唱得那样："大海啊大海，是我生长的地方；海风吹海浪涌，随我漂流四方……"

尤其是夕阳西下的黄昏，晚霞把海面染成金黄色，远方归航的渔船轻轻驶来，宛如飘摇在亮晶晶的镜子里，使小德雄迷恋不已。长大之后，郑德雄爱上了摄影拍照片，跑到霞浦县城里从事商业摄影，每天啪啪地按着快门，把爱好与谋生结合在一起，自得其乐。2002年，他在一些摄影大赛上见到有海滨风光的影像作品，怦然心动：霞浦的海滩别具特色，也可以拍照参加比赛啊！

想到这儿，他兴奋地跳了起来，约上几位志同道合的朋友汤大为、郑忠夫、夏林海，找时间就出去转转，拍摄家乡的风景。他们沿着海岸线徒步行走，翻越一块块礁崖，寻找角度极佳的摄影取景点。老实说，在众多文艺创作中，摄影是个需要吃苦耐劳的活儿，登高上坡，风来雨去，有时还得冒点儿风险。那回，郑德雄看到一块峭壁位置不错，便想跳上去拍照，不料脚下一滑，啪的一声摔了下去。

"完了、完了，德雄、德雄！"

同伴们一阵惊呼，胆小的还闭上了眼睛。可不一会儿，山崖下传来了回音:"我在这儿呢,没事……"原来,下边是一片松软的沙滩,郑德雄掉到上边并无大碍,只是滚落过程中擦破了点儿皮。手中的相机还紧紧抱在怀里没有"受伤",他爬起来拍拍身上的沙子,又寻找起取景点来。

功夫不负有心人。经过如此漫山遍野扫雷式的寻觅,郑德雄他们把霞浦可以拍到滩涂风光的地点摸了个遍,也拍出了许多独树一帜、风景绝美的好片子。其中,有些让人眼睛一亮:蓝色的海水,金色的沙滩,种海带的竹竿依序林立,满载的渔船停泊在静静的港湾,赶海人背着沉甸甸的鱼篓走在金色沙滩上……

发表后一炮打响,引起了摄影界的喜爱和关注。2004年度《大众摄影》杂志评选郑德雄为"十佳优秀摄影师",摄影交流的范围进一步扩大了。一发不可收,他们在国内外摄影大赛摘得一项又一项荣誉。郑德雄的《心中那片海》获得第七届郎静山纪念摄影奖最高奖,何兴水的《海上渔村》获得第四十七届香港国际摄影展金奖……

美的感召力是巨大的。正在扶贫开发、乡村振兴路上奋力前行的霞浦县委、县政府,从中敏锐地意识到了"滩涂摄影"具有打造成国际性旅游品牌的底子,做好了可以成为文化扶贫、旅游兴业的创新项目。于是,他们毅然投资100万元,与《中国摄影》《大众摄影》杂志社联合举办了"霞浦:我心中的那片海"摄影艺术大赛,效果极佳,全国各地及海外近万人参赛,一举将霞浦滩涂摄影推上了国际舞台。

用好山海资源,打响文化旅游品牌。霞浦县尝到了甜头,更加积极地推进这项工作。此后每年都举办国际摄影大赛和摄影文化旅游周活动,组织策划以畲族风情、美丽乡村和传统村落、海洋滩涂等为内容的"全民随手拍"手机摄影大赛，实现文旅搭台经济唱戏、脱贫致富乡村振兴的目标……

二

霞浦影像火了，霞浦人的观念和生活方式也发生了改变。祖祖辈辈辛勤劳作的滩涂，没想到有一天竟然名满天下，家喻户晓，给他们带来了喜出望外的财富收入。

据不完全统计，从2010年开始，前来霞浦滩涂采风、创作的摄影爱好者和观光游客，年均达到了20万人次。霞浦变身为全世界摄影师云集的"最美"之地，每到节假日等拍摄旺季，不少摄影点挤得连三脚架都放不下。

往日默默无闻的小县城，如今遍地旅馆民宿，福宁大道、东吾路、长溪路等城区新路段，酒店一家挨一家，最密地段几十米距离内就有十来家。许多酒店还挂起"摄影创作基地"的牌子，一到黄金周酒店客满，有些摄影驴友只好在车上过夜。

哈，霞浦滩涂摄影声名鹊起，还催生出"导摄"这一新的职业——即当地人特别是渔民熟悉环境，为滩涂摄影接待服务的商业化模式。他们主要提供机场和车站间的接送、餐饮住宿、往返摄影基地交通，以及摄影辅导等"一条龙"服务。许多世代劳作的村民，就此吃上了"摄影旅游饭"。

王建设，就是这样一名业务娴熟的导摄人。

2018年国庆节期间，凌晨四点半不到，天还没有亮出鱼肚白，他就在霞浦县一家酒店楼下，坐在车里等待约好的客人了。不到十分钟，一些带着三脚架、端着"长枪短炮"照相机的人员集合完毕，在他的带领下奔向海滨景点。

"坐好了，咱们走！"

接上客人，王建设熟练地打着方向盘，朝郊区公路上奔驰。

这天，他的商务车里坐了五位摄影"发烧友"，都是从网上了解到霞浦滩涂，趁着国庆几天小长假，特地坐飞机再转动车，来到这里拍照的。

"怎么样？师傅，现在去能有个好位置吧？"有人问道。

"还行！霞浦什么人多？就是来玩摄影的人多。都是这个点出发，去抢好位置拍照呢！"

土生土长的霞浦三沙人王建设，出生在一户渔民家里，祖祖辈辈风里浪里讨生活。虽说温饱早已解决，可也没有剩余的钱供他读书，上完初中王建设就辍学了，跟着长辈出海打鱼捞虾。毕竟时代前进了，王建设从电视上、画报上看到了外面的世界，不愿意复制老辈人的生活，跑到县城打工，后来又学会了开车，成了一名出租车司机，过上了与村里人不一样的日子。

然而不久，他发现村头村尾高坡上海滩上来了一群群外地人，有的胸前挂着照相机，有的肩上扛着铁架子，还有的戴着遮阳帽、支着太阳伞，举着手中的"家伙儿"眯眼瞄着前方。一打听，原来本村周边都开发了摄影点，过去见惯的海滩渔船成了"宝贝"，村民们纷纷去当引路者、开饭店办民宿，忙着挣钱呢！

王建设是个不安现状、脑瓜儿灵活的人，回到县城出租屋，换了身衣服四处打听：如今的霞浦不一样了，全国的风光摄影基地，许多人吃上了摄影饭，形成了"导摄"这一行。他粗粗一合计，比开出租挣得多，还不那么辛苦劳累，心想：嘿，家乡的海我熟啊！这样的好事我也能干！

首先,他开车在全县"踩点"——呵呵,这可不是那种见钱眼红的"踩",而是掌握特别火的几条线路、几大景点,熟悉早晨傍晚春花秋月的色彩变幻,到时候能为拍客们说出个"四五六"来。再说,王建设这几年跑出租,迎来送往去车站跑码头,懂得与人打交道,很快就成了小有名气的"王导摄"。

每逢节假日或大周末,他们这一行特别忙碌,就像出租车行话一样,有的"扫街"满城转,看到扛着摄影器材的,主动上去介绍情况揽活儿,说通了拉上就走。有的"包团"全套服务,从接站到住宿,再到陪同上摄影点:这儿拍朝霞,那里拍晚照,一两天不歇脚,最后开车送站才算完。

瞧,这已经使霞浦形成了新的文化产业,不少村民群众就靠它扔掉了贫困帽子。风光摄影不仅带来了赏心悦目,也带来了财富和尊严。如果说,霞浦最初的崛起来自摄影家的贡献,霞浦县委、县政府的快速反应能力也值得赞叹。他们抢抓机遇,乘势而上,让霞浦发展走上了"快车道"……

三

文化扶贫,不仅仅是霞浦摄影,在远离海边滩涂的偏远山村,还走出来了一支农民油画队,携带着画笔和笔下的山光海色、民风乡情走向了艺术的殿堂。

2018年11月16日,第二届中国(福州)世界遗产主题文化博览会,在福州海峡国际会展中心开幕。其中,一块印着"宁德霞浦农民油画作品展"背景板的展位前,几十幅洋溢着浓厚乡土气息的油画,还有十几位正在现场作画的农民,吸引了大家的目光。

全国政协副主席、民盟中央常务副主席陈晓光，以及许多来自北京、上海、福州的嘉宾饶有兴趣地驻足观赏。当一位身材瘦削的农民画家稍做停笔的间隙，陈晓光俯下身子与他攀谈起来："这几幅都是你画的吗？你叫什么名字，学画多长时间了？"

"是呀，我叫詹庆生，学了有半年多了，平常务农，闲时就画画。"

"画得不错，绿水青山，让人看到了闽东的美。希望你再接再厉，不断提高啊！"陈晓光竖起了大拇指，周围响起一片掌声。

"谢谢领导！画的都是农村的事，还能有收入，我很知足了。"

这个展区里的油画作品，全都出自霞浦县松岗街道下村村、长沙村农民之手，内容多为山村常见的农具、村舍、山水、动物等，还有村民婚丧嫁娶、春种秋收的场景，朴实的画风、自然的景色，令人顿生亲近之感。

它的幕后促进者，就是这次文化旅游博览会的带队人、下村驻村第一书记黄小红。

下村村位于霞浦县城北部，位置偏僻，山高地少，村民多数靠林地或者外出打工为生，空心化严重。平时温饱还行，但精神生活匮乏。如何激发内生动力，提高乡村振兴热情，是她面临的一道难题。兄弟县市文创扶贫的做法，使颇有文艺素养的黄小红受到了启发。她长期在省城民主党派部门工作，与一些书画艺术家是好朋友，便想到绘画成本不高，见效较快，可以从这里入手试试……

时任松港街道党委书记的周文玲——别看名字容易误为女士，其实是一位敢于担当的男子汉——曾经当过"霞浦滩涂"摄影重镇三沙镇的镇长，十分重视文化事业。得知下村村第一书记黄小红的想法后，周文玲举双手赞成，立即着手帮助促进。

他们辖区内的长沙村是霞浦县库区移民重点村，经过多年努力，经济社会得到了全面发展，荣获"全国文明村"称号。经过协调，长沙村与下村村结成了"互帮互学对子"。因下村村地处高山，长沙村在海滨滩涂，他们形象地命名为"山海联动"。

2018年夏天，在黄小红、周文玲等人的联络下，福建省商盟公益基金会、省雕刻艺术家协会多名民盟盟员来到长沙村、下村村考察调研，并与两村签订了"文化脱贫工程"项目合作协议，以乡村文化建设助推农民脱贫。培训村民学习油画，便是其中的一项重要内容。

万事开头难。培训的主要对象是留守村中的贫困、低保、残疾户及他们的子孙辈。项目是纯公益的，所需的学画材料和师资等费用，分别由省商盟公益基金会、省雕刻艺术家协会资助。起初村民犹如听"天方夜谭"似的，不相信自己的耳朵。

"我们这拿锄头的手，怎么可能会画油画？"

"可以试试看嘛，学好了能卖钱呢！"黄小红挨家挨户地动员。

不用出村去打工，还能学到画画本领，在家门口赚到钱，有些村民心动了。这天上午，黄小红带着愿意学习的人们，参加了"山海联动·文化脱贫工程"启动仪式，开始了第一期培训班的学习。

仅仅几个月，这项活动就取得了令人惊叹的成效。不少人参加培训班着了迷，掌握了基本的技巧之后，好像一下子把心中隐藏多年的梦想唤醒了。每天做完了农活，他们就坐在画架前，画山、画水、画村庄，调动起过往的生活感受，沉浸在自己的创作中。

身有残疾的村民詹庆生，变化更为明显。他平时干不了重活，无所事事，又爱喝酒，三天两头跑到小卖部赊酒喝，情绪消沉地混日子。一天，黄小红走进了那间四面透风的房子，与半依在竹椅上的詹庆生交谈："老詹哥，不能再这样过了，你得专心做些事情。"

"唉，我能做什么呢？种田干不了，打工没人要，也就是喝点儿小酒，倒头睡觉吧！"

"你身体不方便出不去，可以学画画啊，学好了在家安心画，卖出去有收入，日子慢慢就会好的。"黄小红苦口婆心。

"是吗？"詹庆生坐直了身子，"我从来没画过，能学会？画好了真有人要？"

"真的！只要用心学就行，到时候我们会来收的，城里有些人就喜欢农民画哩！"

良言一句三冬暖。曾经心灰意冷的詹庆生眼里闪过了一丝亮光。第二天，他走进了农民画培训班，接过老师发下来的画笔、颜料，坐在了画板前。学了一段时间，詹庆生竟深深地爱上了画画：不用出大力气，凭借多年的生活底子"天马行空"地想象，就像做游戏一样。此后根本不用人催促，他按时上课，尽情涂抹，回到家也不歇着，继续学啊画啊！为此，他竟然把陪伴多年的酒瓶子扔了，一心一意地投入到画画上。

当周文玲、黄小红他们组队参加福州文旅博览会时，惊喜地发现詹庆生已经画得有模有样了，当即决定，选派他作为一名"农民油画队"队员去福州现场作画。那天，全国政协陈晓光副主席就是在他的画架前交谈，给予了充分肯定和鼓励。

在专家教授的指导下，热爱学习的村民逐渐形成了自己的作画风格，相继创作出一批高质量的作品。黄小红他们联系热心公益的企业家，前来参观认购画作。当过三沙镇镇长的周文玲与"霞浦摄影"的推动人郑德雄熟悉，想到他正在打造摄影加旅游产业，便打电话推介，立即得到了积极回应。

郑德雄在朋友圈发信一号召，为"大霞浦"摄影基地服务的几十位民宿老板闻风而动，开着车就来到了长沙村下村的"山海联动·文化脱贫工程"画展室。现场看画、订画，一下子认购了一大批。他们纷纷表示，这些农民画，富有闽东特色，挂在民宿房间里，既是高雅的文化作品，又宣传了家乡景观，还能帮助农民兄弟，真是一举数得啊！

两年多过去了，这个项目已开办了16期培训班，受训农民200多人，创作农民油画2000多幅，为贫困群众增收10万余元。由此，村民的心热了起来、手动了起来、脚迈了出去，绘画创作成为创造美好生活的一大推手。他们高兴地总结道："放下锄头，拿起笔头，画出彩头，挣得票头，生活有盼头……"

可爱的神山

◎丁晓平

一

巍巍井冈山,层峦叠嶂,郁郁葱葱,风光旖旎。汽车在山道上盘旋,一会儿高入云端,一会儿深潜谷底,荡漾在绿色的海洋里。此时,我才明白井冈山市扶贫办的罗相兰为什么问我晕不晕车。她要带着我去一个3年前连神仙也不知道的小山村,它却有一个十分好听的名字,叫"神山"。

2019年9月,我参加了中国作家协会和国务院扶贫办共同开展的"脱贫攻坚题材报告文学创作工程"。十一黄金周一结束,我便在第一时间赶往神山村采访调研。此前,我从来没有想到,闻名天下的井冈山竟然是全国著名的贫困县。要知道,被誉为"天下第一山"的井冈山,是我们的"精神高地",它是那么神奇,又是那么神圣,还有一些神秘。

历史没有走远,现实也非常逼真。位于罗霄山脉中段的井冈山是集革命老区、边远山区、贫困地区"三区叠加"的贫困县。

我现在要去的神山村则位于罗霄山脉的深处，在黄洋界北坡的山脚下，距离井冈山市区一个多小时的车程，是茅坪乡的一个自然村，也是井冈山106个行政村中贫困程度较深的一个。有民谣唱道："神山是个穷地方，有女莫嫁神山郎，住的都是土坯房，红薯山芋当主粮。"

和井冈山许许多多的村庄一样，神山村的乡亲也曾为中国革命做出过贡献和牺牲。我没想到的是，第一次来井冈山竟然让自己的人生与脱贫攻坚伟大事业联系在一起。然而，这一路上，哪里能看到贫困的影子呢？一座座白墙黛瓦的民居，如同白云般浮在山间，与绿色的大山融合在一起。小罗笑着说："神山村是井冈山最后一个通水泥路的村庄……"

要致富，先修路。在神山村住了一个星期后，我才知道，15年前，这里连自行车都骑不进来，哪里还有机会晕车呢？

二

神山村不大，村内新修的水泥路如同一个枝丫，不到一刻钟就能走完。小罗带着我一路向北走去。地势越来越高，我们一直爬到北边的山顶上。山顶上只住着一户人家，女主人叫彭夏英。

我见到彭夏英的时候，她一手拿着A4纸，一手拿着圆珠笔，站在厨房的门口不停地念叨着什么。

彭夏英文化水平不高，只读到小学四年级。1981年，她和在这里做木工的川娃子张成德结婚后，生了三个孩子，大的是女儿，两个小的是儿子。1990年，张成德帮人家拆老屋，墙塌了，他受了重伤，命保住了，但再也不能干重体力活了。男人倒下了，这个家的顶梁柱就塌了。上有老，下有小，怎么办？彭夏英把伤心的眼泪往肚子里吞，默默地一个人扛起了生活的重担。可是祸不单行，几年后的一天，她上山砍竹子时，一不小心摔倒了，从山上滚到山下，爬不起来了。乡亲们把她抬到医院，她严重骨折，在手术台上躺了5个多小时。就这样，彭夏英一家的生活慢慢变得困难了，成了神山村需要帮扶的贫困户之一。

2014年，井冈山市的扶贫工作根据"因户施策、因人施策，要扶到点上、扶到根上"的要求，精准发力，采取了独家创新的"三卡识别机制"。即按国家确定的扶贫标准，以"红、蓝、黄"三种颜色确定贫困对象的等次。"红卡"为特困户，"蓝卡"为一般贫困户，"黄卡"则为2014年已经实现脱贫的贫困户。那个时候，井冈山市21个乡镇（场），共有47779户人家，总人口为16.8万人，贫困率达13.8%。作为井冈山35个贫困村之一，神山村全村只有54户231人，但建档立卡贫困户就占21户50人，比例相当高。其中，"红卡户"4户8人，"蓝卡户"15户35人，"黄卡户"2户7人。彭夏英是"蓝卡户"之一。在这种情况下，政府扶持她家养了7头黑山羊，还请来专家教她如何给黑山羊防病治病。很快，她就扩大养殖，养殖规模达到四五十只。那时，一只黑山羊在市场上可以卖到上千元，几只羊羔出手，彭夏英就赚到了以前全家一年的收入。随后，她又在政府的帮扶下，养了十几头牛，还养了娃娃鱼，很快就摆脱了贫困。

彭夏英说，中央最关心的是大家脱贫致富的问题。不久，彭夏英开办了全村第一家农家乐餐饮店，同时零售一些自家生产的土特产，比如果脯、米果子、茶叶、笋干、竹篮，还培育兰花、映山红等盆景出售。这样，一年下来，她家的收入翻了好几番，达到了10万元，成为村里的脱贫典型。随后，她主动向村里写申请，不再要政府的低保，不当贫困户，要求把救助让给"比我更需要的人"。

听了彭夏英的故事，我忽然觉得，站在眼前的这个农村妇女，虽然生活的重担已经把她的腰背压弯了一些，但她是一个有志气的坚强的女人。2017年，彭夏英荣获"感动吉安十大人物"称号，当选吉安市人大代表。2018年10月17日，在北京召开的全国脱贫攻坚奖表彰大会暨脱贫攻坚先进事迹报告会上，彭夏英又荣获"全国脱贫攻坚奖奋进奖"。人穷志不短。从神山村这个山沟沟里，彭夏英依靠勤劳的双手，自力更生斩断了穷根，终于第一次坐上了飞机、第一次来到了首都北京、第一次获得了国家级奖励，这真是她这辈子想也不敢想的事情。

受中国老区建设促进会的邀请，彭夏英要去北京参加2019年扶贫日论坛活动，采访她时，她的手中依然紧攥着到北京参加论坛的发言稿，题目是《幸福生活是干出来的》。我看到在文稿最后，她工工整整地加写了一段文字："我相信在党和政府的带领下，我们依靠自己勤劳的双手，生活一定会更加美好，我们也一定能够同步迈入小康社会。"

我心悦诚服地为彭夏英竖起大拇指点赞，把尊敬的目光投给她。从她的身上，我欣喜地看到，"口袋"富起来的神山村的父老乡亲，在脱贫攻坚这场战役中，"脑袋"也富起来了！他们也是新时代最可爱的人。

三

　　神山村和井冈山的许多村庄一样，是一个典型的"八山一水一分田"的边远山区，气候多变，雨水较多，具有"同山不同季，十里不同天"的气候特征。奇怪的是，2019年的秋天，井冈山经历了一场大旱，近两个月没有下雨了。可是万万没有想到的是，就在我抵达神山村的这天晚上，天公作美，竟然淅淅沥沥地下起了小雨，而且这一下竟然下了一个星期，到我采访调研结束准备离开时，天又开始放晴了。神山村老支书彭水生操着他浓重的湖南客家口音跟我开玩笑说："小丁，这场及时雨是你给我们带来的哟。"

　　彭水生也曾是"蓝卡"贫困户，他也成了井冈山的大名人。

　　现在，来到了神山村，我一定要见见这位老支书。可是他实在太忙了，白天不仅要为来神山村旅游的客人们做"红色讲解员"，还要去市里做"义务宣传员"，日程满满的。在我即将离开神山的头一天晚上，我终于见到了他。老人家乐观豁达，声音洪亮，鹤发童颜。

　　漫步神山村，一面"笑脸墙"格外醒目。在墙上，贴着27张满是笑容的村民照片，组成了一个"心"的模样。老支书彭水生的照片位于"笑脸墙"的正上方。78岁的他，红光满面，身子骨硬朗，成了神山村的"形象大使"，天天给来自四面八方的客人讲神山村脱贫故事，干得像年轻人一样带劲。

　　村民赖福山的照片位于"笑脸墙"正下方。照片上，他揽着妻子陈秀珍的肩，笑得十分灿烂。曾当过12年神山村村委会主任的他，最近正忙着把自家的老房子改成民宿……

四

2017年2月26日，江西省井冈山市正式宣布：在全国率先脱贫摘帽！井冈山的人民群众树立了中国减贫事业的里程碑，向世界交出了一份满意的答卷。

小康不小康，关键看老乡。神山村在党和政府的引领下，采取"品牌+基地+合作社+农户"的经营模式，到2017年，神山村实现了全面脱贫，挖掉了千年的穷根，人均收入从不足3000元提升到7760元，提前摘除了"贫困帽子"。2018年，神山村大力推进产业扶贫、旅游扶贫，村容村貌发生了欢天喜地的新变化，经济发展再上新台阶，全村贫困人口彻底消除。到这一年年底，神山村农户人均收入1.98万元，其中贫困户人均可支配收入达9200元，同比增长11%，实现了脱贫致富。因此，神山村荣获第五届全国文明村镇、中国美丽休闲乡村等荣誉称号。现在，神山村党支部正在全面实施"党建+乡村振兴"战略，按照产业兴旺、生态宜居、乡风文明、治理有效、生活富裕的要求，建设美丽神山。

如今，为全面建成小康社会，井冈山人民向世界庄严宣告："红色景区中我们最绿，绿色景区中我们最红！"这是包括神山村父老乡亲在内的所有井冈山人的铿锵誓言。

在神山村的日子里，我想起了在南昌牺牲的方志敏烈士。他在狱中饱含深情地写下了《可爱的中国》。现如今，全面建成小康社会已经进入收官之年，"可爱的中国"已经成为现实。可以告慰先烈的是，这盛世，如您所愿。

　　脱贫攻坚战已胜利在望，必将凯歌还！

　　这就是可爱的神山！

　　这就是可爱的中国！

映山红，又映山红（节选）

◎王　松

第十四章　清溪如画

　　乡村，在人类社会发展史上占有决定性的地位，它应该是人类聚居的起点。多少年来，古今中外的自然科学家和社会科学家乃至文学家，都曾凭借自己的研究和理解，对"乡村"这个概念做出过定义，或进行过描述，其中以美国人类学家R.D.罗德菲尔德为代表的一些西方学者对乡村的描述最具代表性。他们认为，乡村是人口稀少的，比较隔绝的，以农业生产为主要经济基础，人们生活基本相似的，而与社会的其他部分，特别是城市有所不同的地方。应该说，这样的描述，就曾经的西方乡村来说，确实比较准确。

　　但今天，在我们中国的乡村，就未必是这样了。

　　今天的中国，我们的政府在扶贫工作中，除去帮助贫困的人摆脱贫穷，还有一项同样重要的内容，就是改善贫困地区人们的生存条件，包括环境，进而让乡村面貌也发生根本的改变。而随着城镇化步伐的加快，今天的中国乡村，也早已不是罗德菲尔德们所说的概念了。

1

现在又回到全南县。先说一个叫雅溪的村落。

"雅溪"，顾名思义，不难想象这是一个什么样的村庄。

明朝正德年间，王阳明在荡平九连山三浰之乱的山贼，班师途经全南的雅溪村时，曾乘兴写下《咏大龙堡》诗，其中有两句著名的诗句："遍地无如此处雅，停车勒马且闲闲。"

可见，当年此地之雅，是一种怎样的景象。

雅溪村有三个村组是以雅字开头，"雅溪""雅风""雅芬"，一个雅字横贯整个村落。这也就可以解释，五百年前，王阳明来到这里为什么会发出如此的感慨了。据文字记载，雅溪村已经有600多年历史。历经风雨，岁月流变，到今天，也就形成了以"土围"和"石围"为特色的民居建筑群。所谓"土围"和"石围"，指的是围屋。我们在前面已经说过，这种围屋是客家人特有的一种民居建筑。从村里的"陈氏宗祠"就可以看出，这里应该有着深厚的人文底蕴，也不难想象，这几百年来，村庄里曾演绎过多少令人愁肠百结的故事。

但没人能想到，就是这个村庄，在20世纪八九十年代是什么样子。

雅溪村属龙源坝乡。当年这一带曾流传一句话："龙源坝，鬼都怕。"意思是说，这里的民风极其彪悍，当地人动辄暴力相向，一般没有点儿胆量的人，是轻易不敢到这边来的。这似乎有悖常理。按通常的理解，只有穷山恶水才会出刁民，像雅溪村这样一个山清水秀，且有着悠久礼仪传统的地方，如此彪悍的民风从何而来，又怎么会成了这样呢？

其实归根结底只因为两个字：贫困。

这一带的山林资源很丰富。但国家一直有很严格的规定，任何人不准在山上乱砍滥伐。可那时候，雅溪村的人却不听这一套，经常明目张胆地上山砍伐。砍下树木之后，就这样毫不顾忌地拉到广东去卖。现在的龙源坝乡党委书记何飞说，当年他父亲就是龙源乡政府的领导，所以他从小是在乡政府大院里长大的。在他的记忆中，印象最深的，就是父亲整天处理雅溪村的村民上山偷伐树木的事，或者是去山上抢人家采的蘑菇。何飞书记回忆说，当年在雅溪村，曾有一句话，没有哪家的人，没吃过公家的饭。这句话翻译过来的意思也就是说，几乎家家都有人被乡里抓去蹲过班房。除此之外，也是由于贫困，当地乡民的戾气很重，脾气也很暴躁，就是本族人之间，也动辄发生打架斗殴的事。那时村里的风气这样，人们的精神状态又如此涣散，村里是什么样的环境，也就可想而知了。

从乱到治，总要有一个过程。

雅溪村毕竟是雅溪村，曾经有着礼教的传统。后来当地政府下决心要治理雅溪村，找到村里陈姓宗族一位德高望重的长者，请他协助治理工作。于是，这位长者站出来，重新为村里的族人立下规矩，并讲明，今后如果谁违反村规，他家就要杀一头猪，以示向全村人"谢罪"。后来，村里还真有两个人违反了定下的村规，也果然按规矩，各杀了一头猪，在全村人的面前"谢罪"。人都是要脸面的，这以后，良好的村规民约，村人也就都开始遵守了。

2016年，雅溪村被列入第四批中国传统村落名录。从这以后，村庄就被保护起来，不允许再轻易有大规模的修建。到2017年，当地政府出于扶贫工作的考虑，为发展当地经济，引进了广东一家客商，在这里投资1.5亿元，开始进行保护性开发，同时也有计划有规划地建起一些旅游基础设施。发展到2018年，就已被评为国家级4A级旅游景区。但尽管如此，原始的古村落风貌和传统风格的建筑都没有改变。村里有一座著名的土围屋，叫"福星围"，还有一座石围屋，叫"雅凤围"，都是省级文物保护单位。"福星围"建于清朝咸丰年间，大约在1856年，是一座方形的夯土砖墙结构的建筑，高三层，每层有17开间。"雅凤围"则建于清朝光绪初年，也就是1885年，因为精致，被称为"小家碧玉"。它坐落在凤凰山的脚下，是长和宽各约20米的正方形"回"字结构，用全实木搭建，屋廊共四层，每层有13开间。据专家考证，这种结构的围屋还不多见。

雅溪村的保护性开发，最受益的当然是这里的村民。现在旅游的生意已经越来越好做，每天都有旅行社带着各地的游客来这里。平时一天有5辆大巴，到了休息日和节假日会更多。游客大都是来自韶关和广州，也有赣州来的，平时每天的客流量有两三千人。在都市忙碌工作的人们都紧张惯了，来到这里，整个身心都放松下来，空气也好，感到浑身舒畅。

客流量大了，自然进一步带动了旅游产业。村里的贫困户可以出租房屋，做民宿，还可以发展有地方特色的餐饮业。用雅溪村人的话说，现在村里已经开发成这样，如果还是贫困户，那就只能怪自己了。住在村东的陈昌飘，妻子叫李春晓，他家本来也是贫困户。2012年2月，妻子突然中风了。当时陈昌飘的父亲也刚因中风去世，母亲的身体也不好，家里的经济状况还没缓过来，妻子这一病，立刻就支撑不住了，从此成了贫困户。后来陈昌飘只好出去打工。他去的是广西东兴，那边靠近越南边境，当地也不富裕，做小生意也赚不了几个钱。但家里还欠着十几万的账，压力很大。自从村里搞起旅游开发，他就回来了。现在在家里开了一爿小店，两层半的小楼，每层130平方米左右，已经都利用起来。村里为了扶持他，还给他办了5万元的贴息贷款。他的小店主营客家人特有的擂茶，还有糍粑，平时每天的流水能有三五百元，到节假日就更可观了，最高的时候可以达到七八千元。

《管子·牧民》中说，仓廪实而知礼节，衣食足而知荣辱。现在，雅溪村不仅已没有贫困户，且家家都过上了富足的生活。当年雅溪村的传统民风又回来了，平时不仅邻里和气，卖特色小吃的价格也很公道。尽管大家做的是相同的生意，但从不相互"砸价"。一碗擂茶只要3块钱，游客都感到很实惠，如此一来，生意也就越来越好做。

陈昌飘自从回来，看着村里的变化，他感慨地说，真是跟过去不一样了。

雅溪村的陈氏族人最引以为自豪的，就是陈氏宗祠和那座牌坊，布局之工，结构之巧，营造之精，装饰之美，无不蕴含着先人的智慧和深厚的文化底蕴。关于雅溪村的村名，也有一些来历。据村里一位博学的老者讲，当年陈氏先祖迁到此地，耕读传家，崇文慕雅，后来也确实文人贤士辈出，所以才被人们称为"风雅之地"。山下又有一条清溪绕村流过，于是就叫"雅溪"。"溪"字后来曾一度被简写成"西"，而且沿用了数十年。直到近年，才又恢复成"溪"。老者说，当然还是叫"清溪"更好，听着，就会让人想起这里的风雅传统。

但此时，走在今天的雅溪村，已和王明阳当年看到的雅溪村落完全不是一个概念了。

2

如果说，今天的雅溪村虽然又恢复了传统风貌，但已不是过去的乡村概念，已经破茧化蝶成一个繁华的旅游重镇，那么在它南面，相距大约30公里，还是全南县境内，有一个叫新屋村的村庄，这个村庄就已经完全脱去传统乡村的模样，看上去，俨然是一个恬静的江南小镇了。当地人也不再叫它新屋村，又取了一个很有诗意的名字，叫"小桥流水"。

"小桥流水"是个自然村落，属金龙镇的来龙行政村。

说起这里的变化，恐怕村里的钟永民最有发言权。

钟永民今年44岁，从没离开过这里。他生在新屋，长在新屋，也是亲眼看着这个村庄怎样一步一步变成"小桥流水"的。过去，他曾是村里的贫困户，本来已经成功脱贫，但就在这一年，家里突然遭遇了不测，又险些返贫。这话说起来有点儿长。

钟永民的家里本来5口人，他、父母，还有妻子和孩子。孩子已经15岁，在县里读高中。这时家里已经基本脱贫，日子刚好过一点儿，可就在这一年，妻子突然感到不舒服，去医院一查，竟然患了胰腺癌。医生说，这种病在恶性疾病中，是比较严重的一种，可能预后不好。医生的话虽然很婉转，并没直接说出来，但意思已经很明白。果然，尽管一直积极治疗，但妻子还是很快就去世了。这种病的治疗，费用可想而知，总共花去了将近8万元。幸好国家有"四道保障线"的政策，又有医保，可以报销90%。但就是这样，这个家再也禁不住一点儿折腾。把妻子送走，所有的后事都处理完，他家还是欠了一些债。

在某种意义上说，欠债的滋味比贫困更难受。贫困还只是日子艰难，而欠债，则是在日子艰难的同时，还有一种无形的心理压力。钟永民是个要强的男人，这种心理压力的感觉也就更强烈。他虽然身体也不好，但妻子去世后，还是使出全身的力气去拼命生活。这时，村里为照顾他，把他安置到一个公益性的岗位，担任村里的生态护林员，这样一年下来也可以增加1万元左右的收入。也正因为这样，钟永民每天的大部分时间，都是在山上。

他每当走在山坡上，看着山下村庄的变化，心里就很感慨。

新屋村本来是一个农家住宅风格很鲜明的村落。但过去穷，一穷也就什么都讲不起了。全村总共43户人家，其中有10户是贫困户。人得先说吃饭，如果连吃饭都成问题，再想顾别的自然也就无暇顾及了。所以当初，村里的环境用三个字就可以形容：脏、乱、差。后来村庄的改造，是和精准扶贫一起开始的。政府提出来，让大家摆脱贫困的同时，也要改善居住环境，实现小康就要全方位地提高生活质量。当时钟永民还没脱贫。他患有股骨头坏死，又不能再做重体力的事，所以心情很差。但他还是注意到了村里一点一滴的变化。

先是房舍变了。过去村里很多都是土坯屋。但经过评估，仍还安全，于是村里就在这个基础上加固，再整修成白墙黛瓦，看上去不仅干净整齐，也漂亮起来。接着，又为每户接通了自来水。饮水一直是一个很大的问题，这直接关系到人的健康。而最明显的,还是改造了厕所。过去的旱厕不仅气味难闻,也不卫生,更关键的是会滋生细菌,传染疾病。现在好了,走在街上,再也闻不到过去那种难闻的气味了。村里的道路也做了硬化,从前像蜘蛛网一样的电线都不见了,埋到了地下。村里一些老旧危房,有的已成残垣断壁,也都拆除清理了。农家人有个习惯,都喜欢把杂物堆放在自家院里,有的则干脆堆在门口。这样不光乱,也容易失火。现在都不允许了。可不允许,总还得有个放的地方。于是村里就在村边选了一个不碍事的空场,建起几排专门用来堆放杂物的小仓房,每家都分到一间。这样一来,谁家再有杂物,也就可以放到这里。为此,扶贫干部和村委会真是动了不少脑筋。

最让钟永民没想到的是,村里竟然也能形成这么好的秩序。这些年,各家的生活垃圾一直随处乱倒,现在改变了,垃圾都集中到一个地方。就连女人们洗衣服,也有了专门的水池。村里还建了一个污水处理池。过去的生活污水又脏又臭,流得到处都是。现在,所有的污水和废水都会在这个处理池里净化,净化后,还可以用来浇菜地。

毕竟都是农家人,如果要论种植,这谁都比不了他们。村里还想了一个非常有创意的主意,村路两边的篱笆,都是用种在地上的一种藤枝编起来的。这一来,这些篱笆也就有了鲜活的生命,不仅看上去永远郁郁葱葱,还可以不停地生长。外面来的人看了,无不称奇。

过去,村边的水塘简直就是一个污染源,虽然水面很大,但都是污水,到了夏天蚊蝇乱飞,臭气难闻。可现在,已经修整成一片宽阔的湖面。湖中央一座蜿蜒的小桥,通向村里。本来在这湖边还有几户村民开了农家乐,但考虑到整体环境,都被动员搬到村里去了。其实村里的生意也同样很好。现在，这"小桥流水"也已成了一个著名的旅游景点，不要说节假日，就是平时也总有旅行社或自驾游的游客来这里玩。

　　村里还搞了几项活动。第一个活动是"清洁家庭评比"。为了让大家把过去不卫生的生活习惯彻底改掉，村里定期搞清洁家庭评比活动，而且是评分制，每次的评分结果都要张榜公布。参加评比的成员由村干部和村里德高望重的人士组成，也有村民代表参加。获奖的积分达到一定数量，还可以去村里的超市兑换奖品。奖品也很亲民，都是洗衣粉和食用油一类日常生活用品。第二个活动，是以钟氏祠堂为中心，推进村里的精神文明建设。钟氏祠堂作为"文明实践活动站"，设有专门的"议事堂"，村里每遇到重大的事情，大家可以在这里商议。同时，这个祠堂还有文化宣传的功能，比如在宣传黑板上写一些通俗易懂、很接地气的宣传语，祠堂里还有一套小型的投影放映设备，每到晚上，放映电影或主题教育一类的视频节目。

　　现在，钟永民家的房子也很漂亮。家里不仅干净，也很整齐。

　　钟永民过日子的心气儿也越来越高了，当生态护林员的同时，还在山上种了3亩灵芝。灵芝是比较贵重的药材，每年收益很好。另外，他还种了西瓜，养了一个鱼塘。钟永民的父亲也是个闲不住的人，虽然已经70多岁，还经常出去打点儿零工。眼下，虽然国家出台了很多扶贫政策，但一家人不等、不靠、不要，凭着自己的努力，已经从贫困的阴影中走出来。

　　曾有人问过钟永民，往后的日子，还有什么愿望？

　　钟永民想了想，不好意思地笑笑。

涧溪春晓（节选）

◎徐锦庚

2019年10月1日，北京天安门广场，庆祝中华人民共和国成立七十周年盛典现场。群众游行活动开始了，10万名群众、70组彩车，组成36个方阵，广场成为欢乐的海洋。33号彩车上，一位中年女性，英姿勃发，挥舞鲜花。她叫高淑贞，是济南市章丘区双山街道三涧溪村党支部书记。

高淑贞勇于担当，真抓实干，奋发有为，敏锐把握机遇，顺势而为发展。三涧溪村脱贫致富，村集体净资产上亿元，人均年收入2.8万元，获"全国民主法治示范村""全国平安家庭创建先进单位""全国妇联基层组织建设示范村"等殊荣。2019年底，三涧溪村又被评为"全国乡村治理示范村"。

涧溪春晓，风光正好。

下 马 威

初夏的早晨，田野满目葱茏，空气湿润清新，暗香浮动。高淑贞骑着摩托车，在公路上奔驰。

这是2004年6月2日，高淑贞到三涧溪村走马上任的第一天。新官上任，这样的早晨，本该意气风发，但昨晚那个下马威，影响了她的心情。

39岁的高淑贞，原是乡村教师。几年前，东太平村选不出村支书，上级派她去。治理四年，村庄甩掉穷帽子，成为先进村。回校任教刚两年，她又领命来到三涧溪村。

三涧溪是大村，1100多户，3300多人，分3个庄：东涧溪、西涧溪、北涧溪。三涧溪曾经"阔"过。20世纪80年代，村办多家厂，年赚上百万元，集体家底厚，村民生活富，是远近闻名的先进村。后来，因种种原因，村子衰落了，人心一盘散沙，班子软弱涣散，村支书六年换六任，最短干7天。

昨天晚上，街道领导领着她，来村里宣布任命。谁想，全村党员，来了刚过半数。交接时，只有一张收支表，写着几笔应收款，实际收入为零，负债80多万元！

高淑贞表态："我是三涧溪的媳妇，一定会全心全意干好，希望大家支持我。"

话音未落，有人反问："你带来多少钱？能给村里干啥？"

有人泼冷水："谁也治不了，神仙来了也白搭。"

有人起哄："哼，有好戏看喽，看她咋哭的！"

不到半小时，会议草草结束，众人一哄而散。

想起昨晚的不愉快，高淑贞心里较上劲儿了：瞧不起我？好！你们等着，咱们比试比试！

换 班 子

　　接连几天，高淑贞忙着串门，先到熟悉人家，再去左邻右舍。摸了一遍底，心里有了谱。脱贫致富，关键在人，要把村庄治好，先得有个好班子，把人心拢起来。

　　高淑贞登门问计。她拜访的第一个人，叫马厚滋，是老支书。村民说，他行得正、有主见。

　　马厚滋68岁，身材瘦高，短发直立，眉毛上挑。因患哮喘，说话费劲，慢声细语，但从不重复，句句在点子上。他辈分高，高淑贞叫他厚滋爷爷。

　　说到用人，马厚滋先推荐叶恒德——心中有数，是个明白人，做事稳妥，有分寸。

　　马厚滋推荐的第二人，叫李云宽——交给他啥任务，他绝不会推卸。马厚滋任大队长时，李云宽是生产队队长，了解他。

　　他推荐的第三人，叫李东刚——为人正直，讲原则。前些年，李东刚管煤车过磅。司机都想多装一些，超载部分是多赚的，但李东刚丁是丁，卯是卯，只要超过一二百斤，就非要卸掉，朋友也不行。

　　他还推荐马素利、徐绍霞，他俩和叶恒德，都是现任村干部。

　　高淑贞听罢，赶紧去找叶恒德，因为叶恒德正想辞职。

　　叶恒德的老伴儿身体不好，眼睛看不见，说是白内障。高淑贞说："我陪嫂子去看病。"

　　到了章丘，医生一检查，吃了一惊：哪是白内障，脑里有颗瘤，压迫了视觉神经！

叶恒德慌了。高淑贞找了辆车,拉着人,直奔济南大医院,马上动手术。叶家一时凑不够钱,高淑贞拿出一万元。手术很成功。

看到高淑贞忙前跑后,叶恒德动心了,答应继续留任。

在一家钢球厂,高淑贞找到李云宽。他是火炉工,正干得满头大汗。见了她,李云宽很吃惊:"你咋来了?"

高淑贞诚恳地说:"云宽哥,我刚回村里工作,经验不足,人手不够。厚滋爷爷推荐你,我想请你回村,帮帮我。"

李云宽擦了把汗,直摆手:"谢谢你们高看我。我干了那么多年,力没少出,气没少受,连工资都没有。我还得养家糊口哩。我在这里挺好,活是累了点儿,可工资不少挣,每月6000多元呢,不求人,不受气,自由自在,多好!"

"6000多元?"高淑贞瞪大眼睛,"我可给不了这么多,只能答应给600元,而且还得先欠着,等将来有钱了再补。如果村里没钱,我把自己工资给你。"

李云宽很干脆:"多少钱,我不在乎。我愿意为村里做点儿事,就是不想置气。"

"说得好!"高淑贞称赞道,"这是我婆家村,我既是做媳妇的,又是党员,有责任把村子建好。你是三涧溪人,又是老党员、老干部,更有这个责任。"

李云宽黑脸膛红了一下,神情有点儿羞愧。高淑贞趁热打铁:"再说了,厚滋爷爷为啥推荐你?因为他了解你,知道你能为村里做事,知道你口碑好。只要真心为老百姓做事,老百姓会拥护的。"

李云宽有点儿招架不住:"你口才好,我说不过你。等我回家,和你嫂子商量商量?"

"大老爷儿们,这点儿事都做不了主?"高淑贞激将道。李云宽被逼到墙角,没了退路:"好好好,我答应。容我同她吱一声,行不?"

高淑贞乐了:"行!"

后来,高淑贞又说动李东刚。2004年12月,村党支部换届,84名党员投票,高淑贞全票当选,叶恒德、徐绍霞、李云宽各48票,马素利45票。高淑贞任书记,叶恒德任副书记,马素利、徐绍霞、李云宽任委员。之后村委会换届,马素利当选村主任,李云宽、徐绍霞当选村委。3年后,选举第九届村委会时,李东刚进入班子。

补 牛 蒡

村旁,有个城东工业园,需要征地。征地涉及补偿,每亩地补1200元,每亩青苗补七八百元,都有统一标准,共约2000元。

三涧溪地薄,庄稼长势一般,种树更不行。树的补偿比庄稼高,果树分幼苗期、出果期、盛果期,幼苗期每棵补30—60元,出果期200元左右,盛果期600元左右。

冯占伯有3亩地,挨着水井,湿润肥沃。征他家地时,地里正长着牛蒡。

章丘一带一般不种牛蒡,补偿标准中,没有牛蒡。村民不识牛蒡,村民小组计算时,参照普通作物标准。冯占伯坚决不干,说这是名贵中药材,咋能跟麦子比?比树还贵哩!

村民说,牛蒡不是吃的吗?咋会比树贵?准是想讹钱!村民小组不知咋处理,就把矛盾上交,让村委会处理。村委会吃不准,又交给村党支部。

高淑贞也不认识牛蒡，说："我们不能拍脑袋，还是要调查一下。不该补的，一分不多给。该补的就要补，别让他吃亏。"她主动上门，同冯占伯商量。

冯占伯端起架势，说："牛蒡是名贵中药材，我这是块肥地，每亩有 2 万多元收入。如果地被征，今后都种不了，损失可大了。我这地还有 20 年承包期，要按 20 年计算，一次性补给我！"

高淑贞扑哧笑了："大伙儿都不认识牛蒡，只同意按普通作物补。你这狮子大张口，要一个黄金价？"

冯占伯说："北京就有牛蒡补偿规定！"

高淑贞耐心解释："按征地规定，补偿标准不能跨地区，只能执行章丘标准。但是，对牛蒡，不要说章丘，连济南也没有规定。你说的北京标准，我们只能参考，能不能达到，我说了不算，尽量去争取。"

离开冯占伯家，高淑贞想，他说的也有一定道理，不能因为现有标准里没有，就一推了之。她找人咨询，又上网查，吓了一跳：牛蒡价格随行就市，每年都有波动，行情好时，一亩地真可收入几万元！

高淑贞向办事处反映，办事处说，章丘的补偿标准里没有，没法按外地标准补。她把办事处的意见反馈给冯占伯，冯占伯梗起脖子："如果没有合理补偿，我就不答应！"

冯占伯不肯签字，耽搁了征地进程。签了字的村民，也拿不到补偿，便怪罪起他，嚷嚷着："把牛蒡铲了！"

这让高淑贞作难了。一边是冯占伯的合法权益，一边是补偿政策的空白，咋办？

挠了半天头，高淑贞有了主意，找到用地企业，提出折中办法：

参照当年牛蒡价格，差价由公司补足。

公司老总不同意："按协议，我们已把补偿款交给政府。要想多给他，也应该是政府给。如果我们多给了他，别人也有样学样，咋办？"

"你们交给政府的补偿款，是按普通作物核定的，同牛蒡的标准相差太悬殊。如果政府把补偿款多给他，别人就少了，村民们能答应？"高淑贞进一步说，"请放心，村民不合理的要求，我们不会支持。但村民合理的要求，我们还是要支持的。冯占伯不是无理取闹，他不肯签字，征地进度就会受影响，你们的损失更大。你们算算看，哪笔账更划算？"

老总想想也是，没有更好的办法，便照高淑贞说的办。

最后，冯占伯以每亩两万元价格，如愿拿到补偿。

冯占伯痛快地说："高书记，你已经尽心尽力，我不能再让你作难了。我签字！"

建 公 寓

自从到了三涧溪，高淑贞特别喜欢春天。春天，是播撒希望的季节。在她眼里，还有一层特别含义：每年的中央一号文件，就是希望的种子。

高淑贞一到任，就反复琢磨2004年的中央一号文件。2005年的中央一号文件，再次以"三农"为主题。她的许多迷茫、困惑，都在这两个文件中找到答案。从那时起，她就开始盼春天，盼中央一号文件，就像农民盼报春鸟。每年的中央一号文件，她都会反复研读，透过字里行间，寻找发展机遇。

2006年的中央一号文件，拉开社会主义新农村建设帷幕。高淑贞捧着文件，逐字逐句地读。

读到第十七条，"加强村庄规划和人居环境治理"，高淑贞眼睛一亮，埋头往下看，"加强宅基地规划和管理，大力节约村庄建设用地……"，她怦然心动。三涧溪因地处章丘近郊，受城市建设规划影响，20年来没批过新宅基地，很多家庭子女成家后，无法分户建房。

高淑贞兴冲冲地赶到街道办事处，跟领导谈了想法：抓住新农村建设机遇，为村里建几栋公寓楼，集中解决分户群众的住房困难。

领导却说："新农村建设是'以奖代补'，要先干起来，干成后再补助。有实力的村才能干，三涧溪干不了。"

高淑贞想，村子不发展，我咋向村民交代？不让村民得实惠，村民咋会拥护我？别人能干成，我咋就干不成？

双山街道有十八个村，四个村被列入新农村建设试点，三涧溪不在其中。千载难逢的良机，高淑贞不甘心错过，就向章丘一位领导反映。她迫切的态度、胸有成竹的信心，让这位领导很赞赏："淑贞呀，社会主义新农村建设，就需要你这样的领头人，有一股干事创业的激情！你分析得有道理，我对你信得过，就帮你推一把！"

随后，三涧溪村被追加为试点村。此时，另外四个村已开始规划审图。高淑贞率村"两委"班子成员，加班加点，一路追赶，规划许可、建筑许可、土地预审，过了一关又一关，手续一应俱全。高淑贞干得风生水起，引起上级重视，将三涧溪列为新农村建设示范村，予以政策倾斜支持。高淑贞抓住机遇，接连上马道路"村村通"、自来水"户户通"项目。

2007年11月，四幢公寓楼交付使用，分到房的村民们，兴高采烈地拿到了钥匙，三涧溪村如过年般热闹。

盖 澡 堂

高淑贞打听到，凡被列入示范村的，公益建设都能"以奖代补"，比例为四六开，政府扶持六成，村里自筹四成。她琢磨：村里公益设施薄弱，这样的机会，打着灯笼也难找，要争取搭上顺风车，把优惠政策用足。

有天晚上，开村民代表会，六七十人到会，会议室挤得满满的。开了两个多小时，屋里烟雾腾腾，隔两三米看不清人。高淑贞眉头紧锁："吸烟不只是个人习惯，也事关社会公德。社会主义新农村建设，人的文明素质也是重要内容。我们定个规矩，今后，村里开会时，不要再吸烟，要吸烟到外面吸。"

高淑贞继续说，一到冬天，会议室一股怪味，有的人整个冬天不洗澡。现在村里条件在改善，大家也要养成洗澡习惯，这是一种文明的生活方式。

话音未落，会场就炸了窝。

"城里人冬天有暖气，我们只能烧煤炉，能用热水擦一擦，就很不错了。"

"城里有澡堂，我们如果有澡堂，我也会洗。谁愿意脏兮兮过日子？"

高淑贞明白，别看众说纷纭，其实都盼洗热水澡。三涧溪有个习俗，每年腊月二十二，扫尘之后，村民会拖家带口，到城里的工厂澡堂,洗去一年尘埃,干干净净过年。

听着大家议论,高淑贞提出想法:"要不,咱们建个澡堂?"

众人一听,纷纷说好。几个懂基建的,当场算了起来:"乖乖,要五六十万元呢!"

高淑贞一打听,建公共浴池也能扶持,便同叶恒德、马素利、李云宽等人商议,趁机列入建设项目,一共列了13项。

项目要先经办事处筛选,再报到章丘审批。负责筛选的,是办事处副书记王恩峰。他一看三涧溪村的报表,眼睛就瞪圆了:"咋这么多项目?需要600多万元?"

高淑贞笑着说:"多是多了点儿,可都是村里紧缺的,是村民眼巴巴盼着的,我们已经压了又压,没有虚价。"

王恩峰用笔尖点着项目,一栏一栏往下看。"咦?建澡堂干啥?"他皱起眉头。

"村民反映,冬天没地方洗澡。"

王恩峰撇撇嘴:"明水热电厂有澡堂,你们可以上那儿洗嘛。"

高淑贞念苦经:"相隔十里路呢。再说车子也过不去,老头老嬷嬷咋办?"

王恩峰担心:"有四成资金是需要你们自筹的。你们能行吗?别成烂尾工程。"他拿起笔,征询高淑贞意见,"要不,把这项给划了吧?"

"别,别!"高淑贞慌忙拦住,说道,"村里没有供暖,冬天洗澡成了大问题。虽然过去都这么过来了,可现在条件不一样了。中央不是说了嘛,要让人民群众共享改革发展成果呢。请放心,自筹部分,我们会全力想办法解决,绝不会拖后腿。"

"好吧。报上去试试。"王恩峰放下笔,感慨地说,"这么一大摊项目,如果都能批复、都能建成,三涧溪就一步跨十年喽!"

庆幸的是,报上去的项目全部获批。高淑贞兴奋地说:"先建澡堂,尽快让大家冬天洗上热水澡!"

三个月后,公共浴池盖成。村"两委"决定,水和煤由村集体负担,村干部义务打扫,村民每月免费洗一次,再洗时付一元钱。

公共浴池开放那天,村民们犹如赶大集,扶老携幼,端着脸盆,挎着换洗衣服,浩浩荡荡,浴池门前排起长队。

周边村民羡慕不已。上皋、徐家、吴家等邻村人慕名而来,只需花一元钱,就可美美享受一番。

一个澡堂,除了解决村民洗澡难、培养讲卫生习惯,还教会他们很多文明常识。

凤 来 栖

农村招商不是容易事,无工业用地指标,土地难以改变用途。高淑贞没少为征地忙乎,多为城东工业园效力。工业园能解决就业,但无法为村集体创收。高淑贞想,要增加村集体收入,村里必须招商引资。

有一天,村民李云岭兴冲冲地上门:"天桥区有家公司,面临拆迁,正在找厂址。老板是位女强人,叫杨莲英,看了几个地方,都不满意,想来村里看看。"

高淑贞问:"她愿意搬到乡下来?"

李云岭笑嘻嘻地说:"我把你抬出来了,她听了很感兴趣,说要来会会你。"

高淑贞问:"企业是生产啥的?不会有污染吧?"

李云岭说:"是医疗设备,采血笔、采血针,都是出口的,对环保要求严,不会污染环境。"

"好啊!"高淑贞很高兴。

几天后,李云岭领着客人上门。两个人一见如故,越谈越兴奋。高淑贞问:"你们用工量大吗?"这是她关心的事。

杨莲英说:"我们是劳动密集型企业,主要靠手工装配,是轻体力活,也是细活,最好是女工干,村民也可以领回家干,按件计酬。"

"太好了!"高淑贞拍着手,"这活儿再合适不过了!"

杨莲英相中一处厂房,提出条件:"你们必须在十天内,在厂外建一条硬化路,还要建一个配电室。"

"没问题,我答应你!"高淑贞沉着应道。

送走杨莲英,高淑贞约上徐绍霞、李东刚,到叶恒德家碰头。

高淑贞说:"杨总经常出国,见多识广;产品主要出口,有发展前景;用工模式灵活,妇女在家里就能就业。我算了一下,月收入能有两三千元呢。这样的企业,打着灯笼都难找,一定要想办法引进来。"

叶恒德老成持重,沉吟道:"这么好的事,能轻易让我们碰到?她的企业有那么好吗?"

"这好办。"高淑贞回答,"她来考察咱们,咱们也可以上门考察她。"

叶恒德知道她的性格,只要认准的事,非要做成,便笑着说:"咱们一起去看看,帮你参谋参谋。"徐绍霞和李东刚也跟着说去。

第三天,几个人来到杨莲英工厂。周围已拆成废墟,只剩下她一家厂,进出很不便。高淑贞明白了,杨莲英要求十天修好路,不是故意为难，而是急于搬家。

杨莲英领着一行人，里外转了一遍，车间一尘不染，井然有序，比她介绍得还要好，几个人啧啧称赞。在杨莲英办公室，高淑贞看到一摞荣誉证书，有"山东省十大巾帼英雄"，有"山东省三八红旗手"……她更坚定了信心。

杨莲英又提出新条件：七天内，硬化好厂区外的路。

高淑贞略一思忖，快言快语："七天之后，你再去看。"

回到村里，高淑贞立即召集村"两委"成员，详细介绍情况，统一大家意见，接着战前布兵："恒德哥，这片地是你庄里的，修路征地的事，你马上搞定，别耽误施工。素利，你配合恒德哥。"

徐绍霞担心："万一人家不肯，咋办？"

叶恒德微微一笑："这事交给我了，保证不拖后腿。"

高淑贞心里一暖：这位老大哥，干起事来，从来不讲条件。

修路的任务交给村民赵大起，他有一支施工队。高淑贞让赵大起火速赶来，下达任务："明天就动手，白天黑夜干，务必在七天内干成！"

"七天？"赵大起有点儿犹豫，"那里是个石岗子，工程量不小。再说，她可能是说说而已吧，哪会那么准？"

高淑贞说："只要她有诚意，七天后准会来。"她明白，杨莲英如果不想来，不会提这个苛刻条件。既然提了，既有急的成分，也是在考察她，看她是否诚心，是否有能力。

第六天，杨莲英提前来了。

工地热火朝天，正在浇筑混凝土，高淑贞也泡在工地上。她掸掸身上的土，捋了下凌乱的头发，说："杨总，请放心，明天保证完工！"

"哎呀，高书记，你真的很能干！"杨莲英由衷地感叹，临走时表态，"只要你能确保我同村集体签合同，我就一定来！"

村委会同杨莲英签订厂房租赁协议，公司每年支付租赁费50万元，每五年提高租金10%，合同期30年。

公司搬来后，三涧溪70多人进厂务工，230多人领零件在家装配。

....

三涧溪的脱贫路，就这样越走越明亮，越走越宽广。

2020年6月13日，三涧溪人头攒动。济南市脱贫攻坚暨乡村振兴工作现场会上，高淑贞激情满怀："我们将按照产业兴旺、生态宜居、乡风文明、治理有效、生活富裕的总要求，建设好三涧溪村，加快全面振兴步伐！"

（文中个别人物为化名）

（原载2020年7月15日《人民日报》，发表时标题为《风光正好三涧溪》）

敢教日月换新天

◎郑彦英

它不像法国梧桐那样张扬个性：离地一尺高就开始秀肌肉，碗大的，或者篮球大小的疤疙疙瘩瘩地起伏在树干上，俨然一个伟岸男子。而且到了秋冬，法国梧桐的球状种子漫天飞扬，毫不留情地眯了人们的眼，让你在揉眼时流着眼泪关注它的存在。

它也不像梧桐那样名扬天下：家有梧桐树，引得凤凰来。其实是因为梧桐树成年以后，就会生出一丛一丛的窝状丛枝，人们认为这种窝状丛枝就会引来鸟中之王凤凰，这当然是美好的愿望。其实这种丛枝是树的一种病，只有锯掉才能保证树木健康生长。

它是一种很低调的桐树，不显山不露水地生长在海拔1200米以下的山地、丘陵、岗地和平原，耐干旱，喜光照，栽下第一年，它会从一尺高长过一个成年人的头顶，树干从一指头粗长到一把粗。栽下第五年，树的直径就会达到一尺多，树干也会长到十米左右。树干直挺挺的，没有任何浪漫的姿势，却可以直接锯下来当房梁，因为它即便是湿木头，也不会变形。锯成板，轻、直，做箱做柜不走样。十年的泡桐就要大个子男人抱才抱得过来，二十年以上的泡桐就要三个人合抱了。它的树皮是浅灰色的,五岁前很光滑,十岁后就会纵向地裂开一条条细细的口子。它的叶子在树枝上一对一对地对应着长的,叶子的形状和大小如鸵鸟的卵,叶子边缘有茸毛。春天开花,花是一层层开的,开到最后,就成了圆锥形,花是淡紫色或白色,雄蕊4枚,两长两短,在花冠底部;雌蕊1枚,花柱细长。到秋天就结出果了,果子是卵形或椭圆形的。果子成熟后,后背上开裂一条缝,长圆形的、很轻很小的种子就悄悄地从缝隙滴落下来,随风飘走,落到地上,就生根发芽,长出一棵新的树。

它的名字,叫泡桐。

泡桐的优秀品质,需要了解它、赏识它的人才能发现。

《后汉书·蔡邕传》记载:"吴人有烧桐以爨者,邕闻火烈之声。知其良木,因请而裁为琴,果有美音,而其尾犹焦,故时人名曰'焦尾琴'焉。"

在古城开封以东的黄河冲积平原上,大片的沙壤土极容易被强风刮成沙尘暴,刮成山丘一般的长条形沙岭,埋藏掉种在地上的一切庄稼。20世纪50年代初,为了抗风沙,一个县委书记请教了农业专家后,带领全县人民栽种泡桐,这些成林的泡桐,墙一般地挺起胸膛,挡住了肆虐的风沙。

其中一棵树初栽时,人们认为树苗太弱,要抛弃掉,这个县委书记和一个小伙子把它种在了路边。

2019年秋天的一个有云的下午,我来到了这棵树的身边,它的树干根部,弯曲了一点儿,而弯了两尺以后,就直挺挺地往上长了,树干已经需要三个人合抱才抱得过来,树身有五米高,树冠很大,抛下大片的树荫,在小小的风中,给人清爽。树的周围,是绿油油的浅草，草的边缘，还有花朵。

兰考的朋友告诉我，这棵树名字叫焦桐，栽它的县委书记叫焦裕禄。树周围的草是相思草，花是从春天开到冬天的红艳艳的月季。

这时候外省的一个团体来到焦桐前，排好了队伍，说是要进行入学宣誓，我就赶紧离开了，走进前面不远处的焦裕禄干部学院。

焦裕禄干部学院一进门处，竖立着一尊塑像，是焦裕禄那非常有神采的形象，叉着腰，衣服在胳膊肘上撑着，满面笑容，目光柔和，似乎要和我对话。

我便站在西斜的阳光里，与焦裕禄像合影。

合影完毕，就见焦桐前面的那些人，已经宣誓完毕，向焦桐敬礼后，有序地离开了。

兰考的朋友对我说，虽然焦裕禄书记1964年就离开了我们，但这棵焦桐受到全体村民，特别是那个和焦书记一起栽树的小伙子的照顾，所以才长得这么挺拔、这么郁郁葱葱。

我说："能不能见见这个小伙子？"

兰考的朋友笑了："已经不是小伙子了。"说着打了一个电话，片刻通了，"魏大爷，你在哪儿呢？"

电话里声音很大："我在焦桐这儿呢。"

"好的，麻烦你等一下，有个作家想拜访你。"

其实魏大爷就在离焦桐不远的树林深处，捡拾泡桐树落下的枯枝败叶。手里提着个垃圾斗，一个笤帚，垃圾斗里已经装了一些落叶，他走到垃圾箱跟前，把垃圾斗里的落叶倒进垃圾箱，然后大踏步地朝我们走来。

肯定是他了，我也大步地走过去，握住他的手："魏大爷好！"

"好好好！"魏大爷笑着，把我的手握得很紧。

兰考的朋友给我们做了介绍。

是下午四五点钟的样子，太阳光从西边的树枝树叶间照下来，花花点点地照在地上，魏大爷的脸上也就花花点点的，他依然笑着，嘴张得很大，我发现，他只剩一颗门牙了。

我问："当年你和焦书记栽这棵树时，你多大了？"

"21岁。"他说话时，手往前一伸。他的声音洪亮而有力，不像一个老人。

"你当时结婚没有？"

"谁跟我结婚啊，一眼看不到尽头的沙丘布在我的周围，谁见谁跑。"

我点点头，又问："是焦书记叫你和他一起栽的还是你主动要求的？"我也笑着问他。

他在后脖子上摸了一下，"当然是焦书记叫我和他一起栽的。"

说到这儿，他抿了一下嘴，看着焦桐，说："焦书记是1962年12月6日调到俺县的，他一来到就十分担忧。"

我问："担忧啥呢？"

魏大爷手往前一伸说："沙丘啊！吃人的沙丘啊！我们这个大队大大小小84个沙丘，没有地，只有沙丘，也得种小麦啊，但是，种在沙丘上的小麦最怕的是风。一个冬天里，看着好好的，地里的麦苗长起来了，绿油油的太好看了，但是一到二三月里就不行了，风沙一刮，离得近的麦苗都被埋住了，离得远一点儿的被风连根拔出来了。你只要站到风里头，不但沙子打你的脸，还有拔起来的麦苗，连着根，打你的脸。风过去后，地里就没有多少麦苗了，没有苗哪有产量啊，到了芒种收割时，沙害最重的那一年，一亩地只产 43 斤小麦。

我惊叹："43 斤，哪儿够吃啊？！"

"你说得对。"魏大爷说，"就这还不能都吃了，下一年还要种麦呢，每亩光种子就需要 16 斤。那时候没有机械化，都是靠牛驴等牲畜，还需要留饲料，留给人的口粮就剩不多了。"

"焦裕禄就问群众，啥能治风沙？得到的答案就是种泡桐树。泡桐树适合沙地，长得快，焦书记就问县里有没有树苗，回答是没有，于是就到外县采购。"

"应该是 1962 年底了吧？"我问。

魏大爷点头说："是 1962 年底。1963 年春天，树苗就采购回来了，全县的人，就在这时候跟着焦书记栽泡桐树了。"

"你就是这时候遇到焦书记了？"

"是的。"魏大爷笑了，"栽树是两个人一组，一个人刨坑，一个人拿树苗。焦书记选了我，说：'小伙子，咱俩搭伴栽吧。'我连声说好，心里激动，头都不抬，埋着头挖坑，坑挖好之后，焦书记扶着树苗，我开始培土。培土大概培 60%，焦书记开始用脚踩，把土踩实。为啥要踩实？因为沙土地太暄，下大雨时一般都有风，很容易倒伏。踩实之后，把剩下的 40% 的土培在树周围，再踩踩，最后再把多余的土封上。"

魏大爷说着，脚在地上下意识地踩着，似乎又回到了那个年代。

"我就这样和焦书记栽树，整整栽了两天。天擦黑时一看，满地都是泡桐了。"

"但是焦书记不满意，他说今年咱自己培养苗子，培养多点儿，下一年一次栽够。大家都说焦书记考虑得周到，连明年的工作都想到了。焦书记还说，他这两天一直在考虑一个问题，栽树不护树，等于不栽，他想到一个最简单的方法：一三五政策。"

"啥是一三五政策？"我问。

"这也是大家问焦书记的。"魏大爷说，"焦书记就说了，这个好记，谁毁一棵，就要栽三棵，而且还要保着护着五年。这一说，大家都高兴了。他说，同意这个政策的请举手，大家哗一下全部举手表示拥护。但是还有三个人没有举手，焦书记就让大家把手放下，问他们三个人是什么原因。原来他们三个是生产队的技术能手，赶车、犁地比较好，但是干活间歇时，牲口很容易毁坏树木，因为这个原因不同意。焦书记问他们，有啥措施或想法吗？他们说，耕地时能找个牵牲口的人不？焦书记就问大家同意不同意，大家纷纷表示，只要不毁树都同意。这就把问题解决了，达到满意了。"

"这个措施，就保证了林木兴旺。"我赞叹。

魏大爷摆摆手说："这还不行。焦书记安排了，让一个大队找一个护林主任，每个生产队找一个护林员。当时我们大队一个护林主任，下面九个护林员，一共十个人专职护林。从那开始，没有毁树的，树林才算起来了。"

"你是护林队员吗？"

"当然是了。"魏大爷很自豪，"这路西的林子，都是我所在的生产队的，当时找到我负责护林了。"

"包括这棵焦桐吗？"我问。

"刚开始是我父亲魏宪堂，他说这是大事，他管。我就不说啥了，但是父亲管了8年，管不动了，这才交给我了。我父亲说，咱家的党员虽然有好几个，但你哥嫂都在外面工作，家里现在只有你是党员，交给你我放心。焦书记去世时还很年轻啊，42岁就把生命献给了兰考大地。这是他留下的根。你是党员，一定把它管护好！我知道这事责任重大，叫我父亲放心。也就是从那开始，我正式接手看护这棵焦桐。"

说到这里，他看着面前的焦桐，满眼的温情，"从1973年开始，到现在，46年了，加上我父亲的8年，一共54年了。焦桐活在我的眼前，长在我的眼前，从小树苗长成这么大的树！"

我本来不想问，但是想了想，还是问了："你这么多年来，都是义务看护这棵焦桐啊？"

"嘿。"他笑了，那颗仅剩的牙露出来，"之前几十年都是义务的，有报酬是近几年的事。当时组织部考虑到我还要种地，还要看护这棵焦桐，不断地有外地人来看焦桐，就像刚才的人在焦桐跟前宣誓，就得叫我过来，叫我说说。组织上注意到了没有人也没有单位给我报酬，于是就定了，一个月给我200块钱。"

我忍不住重复了一句："200块？"

"200块。"他举起两根指头，"其实给不给我都不在意，但是这一给，说明组织上认定我是管这一棵树的了，原先是我自觉来的，组织上没说不同意，也没说同意。这200块，就是组织定性了，这很重要，这焦桐的好赖，都和我那个息息什么什么了。"

我说："息息相关了。"

"对对，是息息相关。"

魏大爷又笑了，又露出了那颗牙，手一挥说："再给你讲个事。2013年，县里美化广场，为了好看，给焦桐周围建了一圈水泥台，把整个树围住了。大家是好心，我也觉着好看，谁想破坏焦桐都进不去了。但是到了 2016 年，出问题了，之前焦桐每年都是 4 月份开花，这年一朵花都没开，周围的树都开花了，就剩它了。我一下子蒙了，想来想去，问题应该是出在水泥圈圈上。想清楚了，我得赶紧找领导反映这个情况。领导说，是不是谁破坏了？我说，不是谁破坏了，是建水泥圈圈的原因，人还需要空气呢，它也一样，水泥圈圈把它的毛根压得吸不到水了。领导非常重视，立马叫上相关人员赶到现场看焦桐。当时一下车，看到周围泡桐树都开花了，开的花跟葡萄一样，一大朵一大朵的非常好看。就剩最金贵的焦桐没开，光秃秃的。领导说，魏大爷，我们找专家咨询一下好不？我当然说好。但是我不能等啊，领导走后，我顺着水泥台圈圈的外围，用水泥钻打孔，一共打了 31 个，往里面一天三遍浇水，连着浇了五天才停下来。那一天早上阳光照过来，我往树上一看，呀，树上结桐豆了！"

我心里也忽地一下，问："桐豆是啥？"

魏大爷答："花苞苞嘛！我一下子高兴了。第二天，桐豆变大了一点儿，第三天，桐豆的嘴都露出来了，我太高兴了。果然，两天后，桐树又开花了，开得别提多盛了！"

说到这儿，魏大爷笑得前仰后合。我也笑了，又忍不住问："林业专家来了没有？"

"来了，花开了他来了，在树周围走了一圈，仔细看了我打的孔，拍拍手上的土说，老魏立了一大功，之前不开花就是水泥台的原因，魏大爷救得好。领导一听激动了，这成天见的领导，忍不住过来和我握了一下手。"

"啥时候搬走水泥圈圈的？"我笑着问。

"当天晚上。"魏大爷说，"找的是抓机，连夜动工，第二天早晨，就恢复了草地，就是现在这个样子。从此以后，焦桐更加茁壮地成长了。我就一刻也离不开了。"

听到这儿，我也忍不住和魏大爷握手。魏大爷又笑了，说："领导一激动就握手。"

我说："我不是领导，我是敬佩你。"

魏大爷却说："该敬佩的，是这树。"手朝前一伸，"你还应该再往东南边走走，去看看那棵泡桐，那树还年轻着呢，才十岁，也长得很喜欢人呢！"

我点点头，和魏大爷扬手告别，就踏着花花点点的阳光，去看另一棵离焦桐不远的泡桐树。

过一条路，进了焦裕禄干部学院，往右一拐，进入一片泡桐林。在习习的风中，泡桐树叶沙沙作响，似乎在朝我们拍手欢迎，更有几只喜鹊在树枝间跑跳，叽叽喳喳地叫，让人喜悦。

兰考的朋友告诉我："焦裕禄干部学院建成后，一直是全国党员干部教育学习的重要基地，从年初到年尾，几乎都是满员。"

我说："是的，我在这儿采访几个月，知道需要提前几天预约，才能住进学院。住进来后，我发现大概一个地方的学习班，一周左右时间，学员们到校后，一般都是有组织地去参观焦桐，并且组织活动，比如重温入党誓词……"

这时候，一个花工来给桐树松土，是那种长条形的小锄头，从树周围一米大小的浅坑边缘开始，往里面锄，便将下面湿润的土翻了出来，显出了这里的沙壤土灰黄中带红的颜色……

重返坡平村

◎丁　燕

　　虽然已进入隆冬时节，但岭南的寒冷却是打了对折的。从海丰县城开车到位于西南部的联安镇，一路上在乡村小道上穿梭蛇行，花费了20分钟。穿过一座桥后来到了联安镇。坊间流传着这样一句话："联安熟，海丰足。"足可见这个镇的重要性。联安镇不仅是海丰县的革命老区，还是中国重要的湿地之一，也是中国的水鸟之乡。镇里不仅村道纵横，河道密布，且田野广袤，正所谓"背靠八仙状元山，面向长沙银海滩，中间一片肥沃土，地种海耕安居处"。

　　联安镇没有高楼，一切都像鸡蛋饼般平摊在阳光下，等待着你的检阅。窄窄的街道两边，是一栋栋三四层的小楼，看起来每一栋都是另一栋的复制品。这个镇看起来既不像城市也不像乡村，而有种半城市化的感觉。这里也有十字路口，但却相当狭窄袖珍；这里也行驶着各类车辆，但大多数人都步行着。离开镇中心后，车向坡平村驶去。柏油马路在热浪的侵袭下，变得黑乎乎油腻腻。道路两侧出现了灌木丛和蜿蜒的河流；河流旁是大片大片的田野，残留着棕色的稻谷茬；白色塑料大棚整整齐齐，一个挨着一个；山脉宛如强健的肌肉，虬结蜿蜒，直至远方；山脚下燃起烧荒的白烟，丝丝缕缕，与雾霭融为一体；白墙黑瓦的农舍，稀疏地凝立在河岸边。这些景象组合在一起，像一曲交响乐，高低起伏，婉转袅娜。你所目睹的河流，是发源于粤东第一山峰莲花山脉的大液河。这条河的颜色不是厚重而凝滞的黄色，而是轻快而爽朗的冰蓝色。当大液河蜿蜒过联安镇时，不仅形成了一条曲线优美的缎带，还让缎带两岸形成了具有原始风格的美景。

然而，美丽的环境和富裕的生活并不成正比。位于大液河畔的坡平村，是广东省的省定贫困村。现在，这个村由深圳市龙岗区南湾街道办事处、龙岗区委政策研究室和汕尾市农业局（2019年6月后是汕尾市委党校）结对帮扶。坡平村的扶贫队队长兼第一书记周建华正在村委等着——身量适中，浓眉大眼，理着短短的小平头，皮肤黧黑，嘴角带着微笑。据他介绍——村里区域土地面积约2.8平方公里，耕地面积2800亩，鱼塘面积265亩，山林面积850亩。

当周建华带着你在小村行走时，你会惊讶地发现，村里非但没有一点儿萧条破败的模样，反而保持着一种朴素与端庄的洁净——村民们都穿戴整齐，农舍前的空地都扫得干干净净，所有的村道都显得平坦畅通，目光所及的田地里都收拾得十分利落——这让人颇感欣慰。在2016年时，在这个733户的小村里，有78户贫困户共187人。到2019年年底，187人已全部脱贫。

驻村工作队来到坡平村，力争将"输血式帮扶"改变为"造血式脱贫"——帮扶单位先投资200万元入股海龙投资大厦的项目，让村集体每年能保底收入10万元；又将265亩鱼塘出租，一年便有 58 万元的收入；在村合作社的带动下，建设起 160 多亩的线椒种植基地、80 多亩的南美对虾养殖基地；工作队不仅向贫困户免费发放袁隆平优质水稻种，还同时发放化肥，帮助他们购买保险等惠农措施，鼓励贫困户大力种植优质水稻，以提高家庭收入。

坡平村虽然和其他贫困村一样，有着农民收入偏低的问题，然而，这个村却拥有一段不平凡的历史。原来，这个村有着丰富的红色资源——村里被民政部评为烈士的有 35 人，其中亚前彭自然村就有 22 名。这个结果和彭湃当年搞农民运动密不可分。原来，在 1922 年时，彭湃曾来到坡平村宣传革命，得到了村里的彭桂、彭元漳、彭元岳等人的全力支持。在彭湃的领导下，他们在村里办起了"农民学校"，以教村民识字为掩护宣传革命思想。到 1923 年春天，坡平村已成立了农会，建立起了农军，设立了支部，成为周围十八乡率先起来闹革命的"赤卫村"。坡平村的历史是红彤彤的。怎样才能用好这笔历史遗产呢？海丰县决定将联安镇的坡平村、附城镇的新山村、黄羌林场的富足园村等红色村庄进行升级打造，最终建成特色村。

昔日的坡平村杂草丛生，如今，村里已修复和重建了广场、革命英烈纪念馆、烈士故居等旧址，令整个村庄干净而整洁，宁静而优美。当你来到亚前彭村小组时，这里已成为一个爱国主义教育基地和党员廉政教育基地。彭湃于 20 世纪 20 年代到村里搞革命的场景，已变成墙壁上的巨型画面；而彭桂、彭元漳等烈士的故居皆粉刷一新，整齐干净；以前那个屋顶破旧、墙壁斑驳的农会旧址，现在变成了展览馆，拥有簇新的青色墙面和红色的大门，馆内的布置相当现代。

黄小雄家的屋子面积虽然不大，但却拾掇得相当整洁——铺了瓷砖的地面扫得很干净，各种用品摆放得整整齐齐，就连灶台上的锅碗都擦拭得晶莹发亮，而卫生间里也铺了瓷砖，很是顺眼。显然，这个家一定有个勤快的女主人。果然，妻子叶少华看着就是个利索人——一头齐耳短发的她，虽然已有56岁，但却皮肤白皙，眉清目秀，模样甚为端庄秀美。她穿着件褐色毛衣，怀里抱着个小女孩，穿了件粉红色的上衣。"这是一岁多的小孙女！"奶奶看着那花骨朵般的女孩时，满眼都是慈爱和怜惜。59岁的黄小雄站在一旁微笑着，一头黑色短发里已掺杂着些许银丝。然而，他却显得相当英武——除了浓眉细眼、高鼻阔嘴外，他的骨架相当高大，约有一米八左右。只见他肩膀宽阔，腰肢细长，双腿健硕，浑身无丁点儿赘肉。

　　这个男主人穿着一件黑白相间的长袖T恤，微笑时神态严肃谦恭，但却丝毫不失尊严。一切都显得那么美好，然而，你总觉得哪里不对劲。当你再次凝视这位已是爷爷的男人时，你恍然大悟——原来，他的肤色黝黑至极。在广东定居十年有余，我早已习惯了本地人所特有的那种黧黑肤色。然而，当我目睹黄小雄的肤色时，还是暗中倒抽一口凉气。那种黑可谓是焦黑——无论是面孔、脖颈或双手——全都像被放在炭火上烧烤过。然而，那种焦黑的浓度，又没有达到非洲人的颜色，而只是比日常所见的人更黑一些。在这种焦黑肤色的衬托下，这个男人的牙齿从整个面部跳脱出来，显得特别洁白。当他张口说话时，你会再次倒抽口凉气——居然是极为流利的普通话！改革开放40多年，让生活在广东的年轻人大多可熟练使用普通话，但那些年近六旬的老人家，一般都会把普通话说得磕巴。若能熟练掌握普通话，定是在外面闯荡过，而不是将生活半径仅仅局限在村子里的人。于是，我对眼前这个男人充满了好奇。

作为一家之主，他谈起了自己的孩子们——大女儿已 32 岁，嫁到广西，育有三个孩子；小女儿 30 岁，嫁到陆丰，育有两个孩子。小女儿除了照顾孩子外，还在家里做些首饰装配。小儿子 23 岁，在梅陇镇的首饰厂打散工，收入很不稳定——有活的时候收入多，没活的时候便没进项，平均下来，一个月也就 3000 元的收入。除去 800 元的房租费和一些日常生活的费用后，几乎存不下什么钱。今天着实碰巧，远在广西的大女儿黄树颖回了娘家。当她从里屋走出来时，我的眼前一亮——这个女子的脑后梳着一条粗黑的马尾，上身穿白 T 恤，下身是黑裤子，皮肤和母亲一样白净细嫩，眉眼相当标致。她热情地招呼客人喝茶，周身都洋溢着青春的活力。这样一家人，看着如此整齐而体面，待人又如此和气而周到，何以会让生活陷入困顿？

原来，导致这个家陷入贫困境地的，是一场突如其来的大病。那是 2013 年，当黄小雄发现脖子上的淋巴变得肿大，便赶忙到医院检查。万万没想到，他居然被确诊为鼻咽癌！这消息如炸弹，让全家人都感觉手脚麻木。怎么办？唉！先不要想太多，赶紧住院吧！在医院里度过的那两个月，让黄小雄经历了双重煎熬——他的肉身和他的精神都极为痛苦。在做了各种检查之后，他准备接受一次大手术。虽然历经了各种各样的"花式"疼痛，可他都没有落下一滴泪，然而，看到那十几万元的医药费清单时，他的眼泪忍不住淌下来。虽然这些费用报销了不少，但家里也花了很多，而且，他躺在医院里，也让家里丧失了一个劳动力。出院后，他的身体大不如从前，不仅干不了太重的活计，还要定期去医院复查，每查一次便要花费1万多元呢！

俗话说，祸不单行。就在丈夫出院刚刚两年后，妻子又被检查出糖尿病。之后，她因为脑血栓而引发了中风，致使嘴歪腿软，根本无法下地走动。经过一年多的治疗，又耗费了1万多元的医药费，最终才勉强好起来。夫妻双双遭受病痛折磨，而女儿们又都远嫁别处，儿子只有一份勉强维持的散工，于是，这个家便像一座屋顶镂空的房子，显得摇摇欲坠。2015年，当扶贫工作队进村进行审核时，他家便被核定为贫困户。

黄小雄陷入回忆——早在20世纪80年代家庭联产承包责任制时，村里给他家分了七八亩地。那时，大家都种水稻和西蓝花，他家也不例外。然而，水稻卖不了什么好价钱，而西蓝花则要看市场行情。全家人在地里从年头忙到年尾，算了算账，才有几千元收入，除了勉强果腹别无盈余。如此忙碌却还是如此清贫，令一家之长陷入忧思。2010年，黄小雄做出了一个决定——将地让给亲戚种，举家搬到梅陇镇，靠做生意挣钱。他这样一个农民，前半生积攒的都是种地经验，并没有其他过硬的技术，手头也没有很多本钱，能做什么生意呢？他决定从最基本的小生意入手——卖鱼。

每日凌晨4点起床，这个男人便急匆匆出门，赶往鲘门镇的码头。他要在这里等第一批从海上归来的渔船靠岸，在以批发价购买到足够多的鱼后，他再包车拉到梅陇镇市场出售。唉，他赚的都是些辛苦钱——一斤22元的鱼，在市场上卖25元。做生意有风险，总是时好时坏——有时，他踩对了点子，批来的鱼很受顾客欢迎，很快便销售一空；可有时，他的运气很背，剩下一堆鱼却卖不掉。全家人就这样忙碌着，一个月能挣上5000多元就算相当不错——虽然忙碌而辛苦,但却比种地要强。听到这个男人谈及往事时,你的面孔会微微发烫——你被这里出产的鱼、虾、蟹所打动,念念不忘那种神奇的滋味,以至感慨自己曾经吃过的海鲜都不是正宗的,然而,你对卖鱼人的艰辛生活却毫不知情。

2015年,黄小雄又做出了另一个决定——重返坡平村,重新开始种地。在他做完鼻咽癌手术后还要不断化疗,对身体损耗极大,故而医生叮嘱他要好好休养;妻子在中风后逐渐恢复了身体,更需要一个安稳祥和的环境疗养。黄小雄重回老家侍弄起土地,过起了"日出而作日落而息"的乡村生活。对于这个决定,他从来都没有后悔过。当他家被核定为贫困户后,村里的扶贫干部便针对他家进行帮扶——先是免费发放袁隆平研发的水稻良种,又免费发放化肥等农资;通过虾养殖项目,每年可有1.5万元分红(包括2018年、2019年);入股县里的"红色旅游"项目后,家里每年有1400元分红。除了这些帮扶之外,最令黄小雄感慨的,是"以奖代补"政策——为鼓励贫困户通过种地或打工致富,政府决定,贫困户每种一亩地可获补助1000元。这个政策让老黄家在2017年领到的补助有6000元,2018年有7500元,2019年有3850元。

事实上,贫困户和他们所做营生的矛盾之处在于——虽然他们精力充沛,拥有丰富的资源,而且做着白手起家的努力,但他们的大部分精力都花在了和周围很多其他人同样的事情上,这就让他们很难赚到更多的钱,由此,也便失去了过上富裕生活的机会。当扶贫干部发现坡平村的土壤和水质很适合种植番石榴时,便鼓励黄小雄干起来。可他却显得有些犹豫:"树不挂果怎么办?""我们找专家来解决啊!""销售不出去怎么办?""我们来帮你联系啊！"于是，从 2017 年开始，老黄便在地里忙活了起来——当他将一棵棵树苗栽种到大田里时，满怀着希望。在安全地度过了 2018 年后，这片番石榴树在 2019 年年底时挂满了果实。按这个情况预算，番石榴的收入应在 2 万元左右。

听说想去地里看看时，黄树颖爽朗地答应道："没问题！"于是，我坐在她的摩托车上，后面跟着骑摩托车的周建华书记。一路颠簸，在穿过了几条乡村小路后，又拐上了一条大路，之后，来到了一片田野。当摩托车试图穿过鱼塘中的那条碎石小路时，因为颠簸得实在厉害，我们只得跳下车来推着车往前走。穿过碎石小路后，是一片开阔的田野，正午的阳光将琥珀色涂抹在一丛丛绿树上——啊！这就是黄小雄精心种植的番石榴树！这盛景令人不禁感慨——有时，贫穷并不仅仅意味着缺钱，它还会使人丧失挖掘自身潜力的能力。

现在，长在地埂两侧的番石榴树，每一棵都有一米多高，叶片硕大，果实青绿。穿行在地埂间，你像来到了某个郊区的小公园——林地里打理得十分干净，没有任何多余的杂草，而且树与树的间隔都是等距离的。多么幸运——居然看到了正在开花的番石榴！那团白色花瓣有五片，正紧紧地相互挤挨着，中间簇拥的花蕊，像是一团正在绽放的乳白色烟花。在那个温柔的核心地带，集中了世界上一切的甜美。虽然枝头挂满了果实，但那一个个拳头大小的东西，并不是青绿色的，而是白色的。原来，果农为了保护果实不受伤害，怀着极大的耐心，在所有果实的外面都裹上一层白色的塑料袋。果农在干这件事时需要十二万分的小心——既要让袋子将果实全部包住，又不能在操作过程中伤害到侧边的果实。

放眼望去，你会心里微微一抖——这个工程真不算小！那上万颗的果实，都被套上了袋子，这便意味着套袋子这个动作，被黄小雄重复了一万次以上。你恍然大悟——何以他的肤色会那么黝黑！因为他长时间暴露在田野，为这些树上的果实套袋子，所以他的整个面孔、脖颈和胳膊，都被阳光反复地炙烤过。不觉心疼起来——这个男人在这块地里流下了多少汗滴？要知道，他不仅是一个接近六旬的老人，还是一个要做化疗的病人！若在城里，他是个马上要过退休生活的人，而在这里，他还拿自己当主劳力呢！

想起刚才在老黄的屋子里，他说的心里话。自 2013 年得病后，他便一直陷入焦虑之中，觉得这个家可能撑不起来了；后来妻子中了风，更让他感觉雪上加霜、心灰意懒。2015 年，他决定重返村子时，只是想着边种地边休养身子。他根本想不到好日子居然都在后头。2017 年对老黄来说是个特别的好年头——他不仅开始种植番石榴，还申请到了 5000 元的医疗救助。他还盖起了一栋新房子——虽然自己花费了 9 万元，但通过国家的危房补助政策，又拿到了 4 万元的补助。之后，通过"以奖代补"政策获得的补助和年底的各种分红，都是他始料未及的事情。他觉得一切都像是在做梦，但却又清晰地发生在眼前！黄小雄的眼睛亮晶晶的——他是个见过世面的男人，也是个勤劳肯干的男人，更是个懂得生活真谛的男人！

现在，这个平凡而普通的一家人，维持着一种简朴而充实的生活。虽然他们的手头上没有太多余钱，但一家人生活在一起，心情却是笃定而踏实的。

栗春容：暖老温贫的"大家长"

◎何炬学

2019年12月3日下午，天阴，时有薄阳从云隙里透出来。在设在草堂镇的奉节县失能供养中心院坝里，三四十个不同年纪、不同状态的人，有的坐着，有的走着；有的在抽烟，有的在远望；有的坐在轮椅上，有的坐在凳子上；有的在哈哈大笑，有的在喃喃自语；有的一脸木然，有的独目发怒；有的前挺鸡胸，有的后耸驼背；有的左偏右拐，有的拄杖跳跃；有的胯夹尿不湿，有的胸挂大围巾。

我们一行人的到来，稍稍改变了院子里的氛围。不少人的注意力转了过来，看着我们。其中最引人注目的，是坐在轮椅上的小伙子，他一脸笑，胸前挂着一条白色的毛巾，一直举着右手敬礼。不知是指头不灵活的原因，还是他看过美国军人的敬礼姿势，他的拇指扣着小指，食指跟中指伸直并在一起，离右额头一个指头距离，看上去十分潮。我们从他的左边走过，到他右边然后进办公室里去，他就一直笑着，一直敬礼，眼睛和面部也跟着从左向右转动，如同一台跟拍的摄像机。

他叫卢令，31岁。建卡贫困户。17岁那年，卢令得了脑膜炎，留下后遗症，一个聪明的孩子，变成了一个爱笑的、爱敬礼的智障青年。23岁那年，他把通电的电线放进嘴里，又烧坏了舌头，话也不能说了，口角总是流涎。父母为了养他，只能守在家里干点儿农活，无特别的收入，所以成了贫困户。2016年，卢令被送进了这个失能供养中心，他的父母才得以外出务工。三年过去了，家里脱了贫。

我一边听走在前面的院长栗春容介绍卢令的情况，一边被满院子的各种"失能人员"的样貌所吸引。说是吸引，其实是想回避。想回避看到老弱者的无助，想回避看到残障者的异象，想回避我对这一切无能为力……结果是，我却又想认真看个明白。

一楼、二楼的房间都开着。有人在房间里坐着，有人躺着。被褥等是统一的，看上去干净、暖和。走在我前面的小栗，跟这个打打招呼，跟那个说说话，语调柔和，满脸笑容。她个子娇小，穿一件灰色的半长呢子大衣，一头齐肩短发，刚29岁。我无意识地看了看小栗的肩膀，我想她的肩是钢筋铁骨的吗？她又怎么能在这样的环境里工作并承担如此重大的责任？

29岁，85个失能人员，15个工作人员，一日三餐，吵架斗殴，端屎接尿，疾病和死亡……

当我把这些概念跟面前这个小女子联系在一起时，我不禁脸红心跳：要是我，能做好她这个角色吗？

小栗是奉节县草堂镇人。2016年1月当了这个失能供养中心的院长。此前，小栗在深圳打工，曾经做过富士康一车间的生产主管，月薪6000元。2013年为照顾生病的公婆才回来。一年后，小栗的公婆去世了，她服侍了整整一年，尽心尽力，人们都说她是个有孝心的媳妇。

2015年，本打算回深圳去，恰逢奉节县民政部门要在草堂镇设立失能人员供养中心，就近在草堂镇招护理等工作人员。小栗那天为村民代写申请代报名。民政部门的人问了她的情况，就说，你搞过管理，还服侍过病人，干脆来中心当管理人员吧。

小栗怀着试一试的想法，同意了。于是就参与到中心的开院工作上来。

2016年1月6日，设立在草堂镇的奉节县失能人员供养中心开院。忙碌了一个月的小栗，怀着忐忑的心情，等候着第一批入住者的到来。她跑前跑后，跑上跑下，看房间缺了什么没有，看厨房的粮油蔬菜肉食准备充分没有，看被褥等够不够暖和。车子开进了院坝，第一个入住者来了。接着是第二个、第三个。差不多在约定的时间里，首批19人都到齐了。虽然小栗已经大略知道了这些从各乡镇来的人的基本情况，可是，当她看到这些失能人员，或智障，或肢残，或老弱，或病苦，胃里那个不适啊，很强烈，仿佛有什么要吐出来。

"我就跟他们打交道呀？"栗春容不敢相信这就是自己的工作，而且是领导工作。她说，当时的心情很复杂，既不是厌恶，也不是同情，总之就是有一种"强烈的不适感"。

除了丈夫外，家人也不怎么理解她，村民就更是有议论了。说你一个在深圳有收入的人，怎么来干这个啊？钱少不说，整天干服侍病人的事，多难受啊。栗春容不免动摇了。她想，干满一个月就辞职吧。这样待下去，26岁的人怕很快就变成62岁的人了。

然而，是一个人的死亡，让栗春容留了下来。

2016年2月底，有个来自平安乡的叫许登学的老人得了重病。

小栗第一次以"家长"的身份，处理病人。她焦急，忧虑。送医院，老人执意不去。于是，白天晚上，就派人守着。她随时去过问。驻院的医生是草堂镇医院的，每天有人来值班。十天过去了，老人渐渐不行了。小栗和别的工作人员围在老人的床前，既揪心又害怕。揪心的是，老人可能会随时死去；害怕的是，自己将亲历死亡在面前发生。

老人说不出话了，两眼盯着上空。忽然，老人侧过头来，拉住了小栗的手，想要说什么，却说不出来。小栗俯下头去，拿纸巾揩干老人口角上的涎水。此时，老人的指尖在她左手的掌心里滑动。画来画去，小栗和周围的人都看明白了，老人写的，原来是两个字：好人。

顿时，小栗的鼻头发酸，胃里有一股辣辣的东西冲了出来，眼泪唰唰长流。别的工作人员也无声地流泪了。

老人看到了，侧回头去，安然躺着。几分钟后，老人合上了双眼。而他的手，还握在栗春容的手中。

这个"家庭成员"的死亡，让小栗一夜之间从一个小媳妇，变成了该掌控该主导该负责的"大家长"。她一度要离开的想法，就此打住。这些来自全县十多个乡镇的失能人员，一半是五保老人，一半是低保户和贫困户。到2016年年底，入住了80多人，供养中心达到了饱和接待量。到2019年11月底，小栗带着她的同事，以他们的关怀，送走了十多位老人。他们的安然离去，让小栗在深感悲痛的同时，也感知到了自己工作的意义。

奉节县举办失能人员集中供养，草堂镇只是四个点中的一个点，规模目前是第二。通过把失能人员集中起来，不仅为相关家庭减轻了经济负担，更为相关家庭释放了劳动力。如果一个贫困户家庭遇上了一个失能人员，必得留下一个人甚至两个人在家照顾，无法外出务工挣钱。奉节县目前集中的失能人员有 605 人，释放的劳动力有 900 个。按照每人每年可挣 3 万元算，这相当于创造出了 2700 万元的收入。

小栗带我看了来自公平镇的钟俊、丁泽明，来自草堂镇的杨虎松，来自甲高镇的高天河等人。他们都是建卡贫困户，有因病致残的，有意外工伤致残的，也有智障的。一个月，小栗要让在外的家庭人员，了解在她管理下生活的人的情况。一般通过视频跟她的"家庭成员"见面，能说话聊天的，就说话聊天。不能说话的，就看个样貌、打个手势什么的。在小栗的办公室里，柜子里装有每个人的档案。档案一人一个卷宗，详细记载着每个人的个人、家庭情况。一个月集中过一次集体生日，吃蛋糕，点蜡烛，唱歌。失能人员过的日子是体面的。

小栗不回家，三年来，她除了生二孩那一个月是在家里待的外，一年三百六十五天，天天住在中心里。她说："人多，随时有情况发生，我怎么能够安然住回自己家里去呢。"不值班那天，她匆匆回去几个小时，晚上必定住在中心，带头查房。

小栗的付出，不仅得到了入住人员的称道，她也获得了各种认可。2016 年，小栗获得重庆市扶贫工作先进个人称号；2019 年 4 月，她又获得了重庆五一劳动奖章。

问及小栗有什么歉疚的，她话没说，眼泪就流出来了。她说大儿子今年的一篇作文，让她当场泪奔。儿子读小学二年级，作文写道："别人每天都有爸爸妈妈陪，我怎么没有呢？"

小栗一边讲，一边流泪，一边笑。她越笑，泪水就越流越多。我停下笔来，抱歉自己提了个傻问题。然而，我又觉得这也不是很坏。让小栗好好流流泪吧,她心中堵着的那个堤坝,总得找个时机开闸泄洪才是。

奉节县这个草堂镇是有来历的。这来历与大诗人杜甫有关。他在唐代宗大历元年(766年),流落到夔州,也就是今天的奉节,在此生活了两年多。分别在瀼西、东屯等地建有草堂。杜甫在奉节期间,写了400多首诗作,其"沉雄顿挫"的诗风,如无在奉节所写之诗为梁栋,则不可能成立。

如今在奉节,虽然杜甫当年的草堂早已了无痕迹,但这个名字还在,有草堂镇。杜甫在草堂里暖老温贫的良善之举得到发扬光大。

杜甫在奉节居住的第二年,写了一首诗,叫《又呈吴郎》:

堂前扑枣任西邻,无食无儿一妇人。
不为困穷宁有此?只缘恐惧转须亲。
即防远客虽多事,便插疏离却甚真。
已诉征求贫到骨,正思戎马泪盈巾。

杜甫的这首诗,是委婉劝谏他的亲戚吴郎,不要赶走那来打枣吃的西邻老贫妇。他把瀼西的草堂借给了吴郎住,自己住到了东屯(现在草堂镇一带),一日听闻吴郎有赶妇人之举,才急忙忙写了这首诗过来。这首诗,充分体现了杜甫暖老温贫、怜弱济困的情怀。

天将暮,失能人员们的晚餐结束了,我的采访也暂告一段落。忽然吵闹声哭号声传来,院坝上一个60多岁的老头,正在跟一个双脚打拐、眼睛斜视的中年男子斗嘴。那中年男子侧身躺在地上，嗷嗷大哭。小栗和别的工作人员赶过去，好言好语把地上的男子劝了起来。那个老头，似乎很不平，站在另一边大叫："看你还敢说！"

原来，老头打了中年男子，是因为他抽烟时，被中年男子指着说了一句什么话。

栗春容走过去，像个妈妈，对这个安慰一句，对那个安慰一句。好不容易，愤怒的走开了，哭号的笑了。有人陆续进了大厅，或进了自己的房间，或在大厅看电视。还有不少的人，依然待在院坝里。

那个卢令，照旧盘腿坐在轮椅里，向我们致敬。直到我们下了院坝口，他还那样扭过头来，保持着固定的姿势、灿烂的笑容。

我转身举手额前，学着回礼，小栗笑着，此时她刚好站在卢令的背后，双手扶着他的轮椅。

凉山热土（节选）

◎罗伟章

一

　　碗厂乡西洛村海拔3000多米，褐色的大地和白云飘动的天空，在目力所及处交接，形成一个锐角，散淡的村落，在锐角里起伏，类同一张床单，拎在手里使劲儿一抖，拱起的部分，是草场和荒山，凹下的地方，是房舍和集市。因海拔高，又是风道，冷得慌，夏天都要烤火。徐振宇报到那天，碰上赶场，见集市上的男女，衣着和肤色都跟自己不同，说的话一句也不懂，心里充满恐惧，恐惧得"连车也不敢下"。我猜想，来之前，他一定也听过不少传言。可到了今天，也就是我去的时候，那里的孩子，放学后，做过了家务，完成了作业，都爱往他那里跑，去听他讲故事，看他放电影。孩子们有的叫他叔叔，有的叫他干爹，有的叫他爸爸，他不让叫"爸爸"，他们还很委屈。

　　因为徐振宇，让一个女子在离家四年后，可以回来了。

　　这女子名叫沙马子果，家在西洛村村委会附近。四年前，她从河南一所大学毕业，赴深圳打工，并在那边谈了男朋友。那男朋友是个汉族人。对彝民而言，听到这样的消息，无疑是一场灾难，先是爹妈，然后是七姑八姨，在电话中怒吼、威胁，并让她赶快"滚回来"。但她没回来，更没滚回来，而且说："反正我要跟这个汉族人结婚，你们同不同意都这么回事，大不了我一辈子不回来。"

既然这样，家里就把她放弃了，就当没这个人了。

可前不久过彝族年，沙马子果回来了。

是父母让她回来的。

就是说，认她了，也认她那个男朋友了。

原因是，她的长辈和众多亲人，从徐振宇这个汉族人身上，发现汉族人"实在太好了"。

沙马子果进屋后，她母亲还专门来把徐振宇请去家里做客。

这件事让徐振宇很有成就感。他以自己的一言一行，改变着彝民的观念。

我去碗厂乡时，沙马子果还没回深圳。遗憾的是，她到西昌找同学玩去了，我没能见到她，只见到了她弟弟。她弟弟说："我姐姐这次回来，欢喜得很。她从来没这样欢喜过。她想回来认亲，又不能丢了男朋友。现在两样都满足她了。"说着他咧开嘴笑，笑了也没忘记感谢徐书记。这是一个还可称为半少年的孩子，却一脸成熟模样，他内心一定是敏感的，在家庭面临分崩离析的时候，受到的打击一定是深重的。现在姐姐回来了，家庭又圆满了，他的喜悦之情，在我这生人面前也关不住，不时拿起手机，有模有样地退后几步，给我和徐书记照相。

徐振宇究竟是做了什么惊天动地的事情？

没有惊天动地，只有点点滴滴。

按他自己的说法——"我就是一只萤火虫"。

来碗厂乡一个月后，村访途中，徐振宇看到一个小女孩，从地里背一筐土豆回家。女孩时年5岁，对她来说，那筐土豆实在太沉了，脸憋得像要裂开也撑不起来。旁边的奶奶（自然背的东西更沉）抓住小女孩肩膀把她拎起来，手一松，小女孩又坐下去。这样三番五次，小女孩终于站住，向前迈步，细腿闪如风中柳，弯曲得近乎折叠。这景象让徐振宇心痛，便拍成视频，取名"土豆妹妹"，发到网上，并配以他后来了解的实情：女孩名叫马海永呷，有个弟弟叫马海热乐，姐弟俩的父亲年过三十就病死了。父亲得病期间，母亲不堪重负，走了，不回来了。爷爷早已过世，只剩奶奶，而奶奶也是一副病体，刚做完腹腔手术。

视频发出后，中青网和今日头条等转载刊发，呼吁社会力量参与扶贫。这也是徐振宇的目的。目的达到了，爱心人士汇来捐款。

收到3万多元后，徐振宇决定不再收钱。钱不好处理，也难以建立完备的监管机制。他决定只收需要的物品，并列了清单，发给媒体。书籍、文具、衣物，都是需要的。寒冷的高原上，容易冻伤，冻伤膏是需要的。脸易皲裂，雪花膏是需要的。凉山州大部，冬季干旱，夏秋淫雨，水靴是需要的——他开始也没想到水靴，是有一天看到一个名叫曲比阿乌的小姑娘，感冒得厉害，却穿着烂鞋子在雨里走，才想到这地方水靴必不可少；他先说给一个老领导听，那老领导寄来几大箱水靴，是里面带绒的那种，雨季可防水，冬天可保暖。此外他还想到，孩子们没耍过玩具，没尝过饼干，没穿过弹力袜……这些，都是需要的。

扶贫干部以问题为导向固然重要，而带着感情去工作，或许更加重要。感情是流动的水，水能融入水中。有了感情，不必对方开口，你就知道他缺什么，差什么。徐振宇如此，很多人都如此。

比如徐旸，日哈乡觉呷村驻村队员，来自泸州市城管局路灯管理处。对这位帅气而蓬勃的 31 岁青年，日哈乡党委副书记、帮扶队队长张军谈起他，他的队友李凯、毕艳、郭红霞谈起他，无不称赞。他能把感情化为行动力，且如张军所要求的那样，"把个人能力转化为能量"，去影响和带动身边人。徐旸刚去觉呷村时，就像毕艳刚到列托村一样，自己裹着羽绒服，却见当地孩子穿着单衣单裤，清鼻涕挂在两边，还说"叔叔阿姨我不冷"。徐旸听了，"心里酸"，当即发下誓愿：我一定要为他们做点儿什么。于是着手拟定"暖冬计划"。

彝族年假期，徐旸回到泸州，向原单位处长谢阳春汇报时，提到昭觉孩童们的生活现状，谢阳春陷入沉思，然后对徐旸说："作为干部，作为一名共产党员，要用实际行动真帮真扶。"言毕号召单位全体职工捐款，三天内募集 3 万元，徐旸采购了大批衣物，连夜赶回日哈乡。张军安排毕艳和徐旸去学校分发，孩子们说："谢谢叔叔阿姨。"两人离开时，孩子们又说，"叔叔阿姨再见。"就为这两句话，让他们泪流满面。毕艳给我讲起时，泪水又流出来了。

在这里，有太多的关于泪水的故事。泪水的故事也就是感情的故事。

二

徐振宇收到捐赠物资近千箱（袋），价值 20 余万元；他在村委会旁边腾出一间屋,建了个"爱心驿站",谁需要,谁就来取。

可徐振宇很快发现一个问题。村民来这里领取,来得理直气壮,有时候夜已很深,他早睡了,外面却突然敲门:"我要东西,拿东西!"稍迟缓,就由敲变成擂。如果他让对方明天来,就不仅擂,还骂,说他是骗子。心里的委屈自不待言。委屈过后,他就思考:我这种搞法,看上去是在做好事,其实错了。我来的目的,不是募集些生活用品,而是改变习惯,提升观念。即使是一只萤火虫,也是要照亮的。现在这样做,是在强化他们等靠要的思想,相当于朝黑暗处引。再这样下去,我是要负责任的。东西是爱心人士捐的,当然要免费发下去,但免费也有免费的办法。这样想了,徐振宇就立下规矩:领东西可以,但你得洗脸,得穿着干净衣服,还得讲礼貌,得参加打扫村子等公益活动。你做了这些,就领一张代金券。代金券上的七块八块、十块二十块,是根据你的表现来的,相当于等次。

就是说,村民得到的东西,是通过自己努力得到的,不是白拿。

爱心驿站运行一段时间,徐振宇将其升级换代,发展成"理鲁博超市"。

理鲁博这名字是县委书记子克拉格取的,彝语音译,意思是"美德汇聚"。这类超市如今遍布昭觉乡村,名字一样,基本格局也相似。前几天我去庆恒乡的庆恒村,正碰上省妇联家庭儿童工作部周光正部长前来查检工作,县妇联主席贾莉,全国人大代表、村支书吉克石乌和帮扶队队长刘成刚等,带着领导和我们参观。村委会外墙,贴了满墙表格,是"洁美家庭"评分表。"洁美"除了"五洗"(洗脸、洗手、洗脚、洗澡、洗衣服),还包括屋子是否打扫干净,家具是否摆放整齐,该你负责的公共区域是否清理，等等。每项都有积分，村民凭积分来超市兑换牙刷、牙膏、脸盆、毛巾、字典、洗衣粉、拖把等物，并用"积分物品兑换记录表"，详细登记在册：谁领的，电话号码，领了什么，花掉几个积分。看毕，又随便去一户村民家，见贴了花岗石地板砖的客厅拖得锃亮，贾莉不敢进屋，笑着说："以前去老乡家，怕脏了我们的脚，现在是怕我们脏了老乡的屋。"

贾莉毕竟还是昭觉本地人，外地去的扶贫干部，感触更深。徐振宇说，他到昭觉后，不知道那些孩子是不是见他慈眉善目（其实不是，他跟洒拉地坡乡帮扶队队长杨宁一样，军人出身，平头，目亮，带几分刚毅），很快跟他打成一片，动不动就过来抱他。他身体不躲，心里躲。他嫌他们脏，嫌他们臭。他们身上有一股浓烈到轰隆隆的气味。徐振宇被包围在那种气味里，偶尔回趟原单位——自贡市荣县电视台，坐在公交车上，身边的人都捂鼻子，并拿怪异的眼神看他。他这才知道，自己身上竟也浸入了那种气味。

"五洗革命"开展以来，那气味淡了，却并没消失。徐振宇心想，如果不进一步督促，就可能只做表面，他们的目的也可能真的只为领东西。既然孩子们爱去他那里玩儿，他就趁势检查一下，让把脚伸出来看。

一双双黑脚、臭脚。

徐振宇烧了水，亲自为他们洗脚。

让他和孩子们都惊异的是，经过"叔叔""干爹""爸爸"一洗，他们的皮肤竟然不是那样黑！他们也可以是白的！

平时脸洗了，头发并没洗。头发又脏又乱又长。是因为赶集那天才能理发，这里十天一个集，错过了，得再等。徐振宇想了想，去买来一套理发工具，自己揣摩、学习，觉得能行的时候，开起了"徐叔叔理发店"，周末给孩子理发。

当然是免费的。

而且不仅孩子来，大人也来。

徐振宇的床铺，在理鲁博超市里。这里房子大。但也因为大，特别冷，我去里面待一阵，差不多骑在火盆上，还冷得锉牙。他本有单独的寝室，之所以搬过来，是想开放自己的生活。"不仅要让老百姓看到你怎样工作，还要让老百姓看到你怎样生活。"他说。在他看来，外地来的干部，哪怕啥也不干，只像正常人一样过日子，也能给当地百姓带来潜移默化的影响。到"超市"来的人多，徐振宇就借此把自己的生活展示给他们看，早上起来，咋个洗脸，咋个刷牙，咋个叠被子，咋个扫屋子，咋个弄饭吃，咋个安排这一天。

那些人来了，见了，说："你这里好安逸哟。"

有什么安逸的呢？除了码得整整齐齐随时准备发放的爱心赠品，就是一张无遮无拦的单人铁床。

只是，床单铺得平平展展，被子叠成了豆腐块儿，枕头放在被子上。

再就是，屋里随时保持干净。

他对他们说，只要你们也干净了，整洁了，你们也就安逸了。

三

像徐振宇这样的外地帮扶干部、昭觉本地干部包括他们家人的付出，非亲眼所见、亲耳所闻，难以理解付出二字的真义。

日哈乡的张军，绵阳涪城区来的，回家探亲时，八岁的儿子竟不认识他。那天很早，他回到绵阳，上楼出了电梯，老婆刚好领着儿子出家门，劈头一碰，儿子本能地朝旁边一闪，像突然见到个陌生人，害怕。老婆愣了一下，目光才定在他身上。他说："我去送儿子上学。"老婆说："我去。"再无多言，牵着小手进了电梯。下午，儿子放学回来，悄悄对爸爸说："爸爸，妈妈送我的时候哭了。"两个多月不见，他变得那样黑，那样疲惫。到如今，三年帮扶期很快满了，但出于需要，这边不想放他走，他自己也觉得该留下来，就跟老婆商量，老婆说："这些事你决定就是，你问我做啥子？"他深知，他在付出，老婆同样在付出，除了她自己的工作，家里老的小的，都归她照管。张军给原单位提出的唯一请求是："领导哟，能不能给我老婆评个三八红旗手？"

女帮扶队员郭红霞、毕艳，为尽快摸清精准扶贫是否识别精准，深夜11点过了，还在走乡串户采集信息。那不是城市，那是日哈乡，是地广人稀"群峰嵯峨"的山野，深夜里，照耀她们的只有头顶的星空。郭红霞到昭觉时，儿子正读高一，待她扶贫期满，儿子就该高中毕业了，她将错过儿子重要的成长阶段。

徐旸为把"暖冬计划"铺得更开，让更多孩子受益，正与外地公司紧锣密鼓地联系时，接到家里电话，母亲患了癌症，已查出半年，为不让他分心，一直不告诉他，直到母亲手术的当天，他才匆匆赶到上海第九人民医院。母亲还没脱离危险期，他又被母亲催促着返回凉山。母亲对他说："儿哪，忠孝难两全，扶贫一线需要你，那些你牵挂的小朋友需要你……"

凉山的路，急转弯到处是，那种急法，仿佛能听见啪的一声，因此特别容易翻车。李凯、周文龙和他们的队长张军，工作中都翻过车，车入深涧，正遇洪水，侥幸得命，周文龙说的第一句话是："糟了！资料冲走了！"是他们搜集来的村民资料。贾莉她们妇联负责一个村脱贫，妇联仅四人，一人长期驻村，剩了三个。有一天贾莉带三人下乡，途中落雨，又起雾，车翻下山，车身摔得一塌糊涂，万幸人都活着。几个女人从车里爬出来，抱头痛哭。贾莉的丈夫在公安局工作，夫妻俩都忙，两个孩子，小的只有7岁，完全照顾不到。"但没有办法，"贾莉说，"你在家人面前，是妻子，是母亲，但另一方面，你是扶贫干部。"

坐车可能受伤，走路也难免。凉山的命名，就是凉和山的组合，除少许坝子和浅岗，全是山，比试着高，也比试着陡，路不是躺着，是站着，某些地方站得笔挺。路险之外，还有"动物凶猛"。行在山道上，野猪黑熊，可能猛不丁挡住去路。因此行路人再累，也不能悄悄走，要大声吼唱，叫猛兽避开，否则你悄悄走，它也悄悄走，狭路相逢，就不妙了。可是毒蛇大蟒却不管你这套，它们本来听力就差，又"巫性"十足，你吼再大声，它也装着没听见。还有树蚂蟥，歇在青冈叶上，有人路过，噌一声弹到身上来，顷刻间满身都是，肉乎乎蠕动，吸你的血。这并非全部危险。夏日山洪，冬日雪崩，都惹不起。

所以在昭觉走路受伤，毫不稀罕。像徐航这种佛山来的干部（任昭觉县委常委、副县长），更容易受伤，好在他只摔断过胳膊。伤了不医，也不稀罕。四开乡党委书记克惹伍沙，摔成骨裂却没时间去医院输液，我到乡上那天，听见医生电话催他几次，可工作紧，任务重，离不开，弄得他反过来给医生道歉。

戴自弦，县委宣传部干部，超龄被派往塘且乡，先任呷姑洛姐村第一书记，后任乡党委副书记兼呷姑洛姐村第一书记。他坚持不住乡上，住在村里，村里没房子，就住村民的空牛圈。这一住就是两年半。他感觉到，只有住进村民当中，而不是隔三岔五地去走一趟，才可能真正理解他们，也才可能从日常细节中帮助他们移风易俗。戴自弦曾服役南疆，受过伤，鉴定为十级伤残，而今又长年受寒，造成腿痛、腰痛，特别是冷风一吹，痛到骨头里。而他的那个村子，秋天还没站稳脚跟，就北风呼啸，入冬即打黑霜，到"人间四月芳菲尽"，这里树枝上的冰条子，还长根长根地垂天悬挂，风起处，满山叮当。现在，戴自弦即使回到县城的家里，睡觉时也得用啤酒瓶把腰硌住，再把两腿跷起。

一个人的学校

◎ 蒋　巍

　　大大的眼睛，明亮的微笑。她的回忆像一册陈旧的小学课本哗哗翻开，那些山村里的故事从山路上向我走来。

　　那是一个清寒的山区早晨，我和德江县委宣传部副部长崔松、当地作家杨旭和铜仁市扶贫办小袁从县城出发。车在盘山路上穿云破雾转了无数圈，先乘船渡过乌江，再翻山越岭，才抵达杜典娥的家，那也是她的学校。沿路的牌子上标明：桶井乡、下坪村、大屋基组——一个深山里的老村。一座陈旧简陋的木加砖小二层建筑，静静矗立在半山坡上。这是学校吗？完全不像！几十年来，这里上课不定时，学生没定数，小学三个年级集中在一个屋，校长，班主任，语文、数学、绘画等各科教师就她一个人兼着。孩子学到三年级就走人——去山那边或乌江对岸的正规学校了。这里另有一个杂工、厨师兼保安员，是杜典娥的丈夫简光轩。孩子们集合时，杜典娥便敲响挂在门框上的一个铁盘子——已经锈成文物了（现已改成电铃）。教室里挂着一块小黑板，墙上贴着一些儿童画，彩色塑料的小桌小凳摆得东一个西一个。孩子们挤在桌边，有的在写生字，有的在画画，有的在做算术题。隔壁是灶间、堂屋兼办公室，院里放着做游戏的小滑梯等，一切那么陈旧、简陋。只有星期一在门前小院落举行升旗仪式时，气氛才变得特别郑重庄严。杜典娥用手机放着国歌，丈夫用绳子拉着冉冉升起的五星红旗，她和学生们肃立整齐，随着乐曲高唱国歌。院子围栏的前面，是一片陡坡和散落在绿树中的民居，再往前看，是云雾缭绕的群山和山后不可知的世界……附近一代代山区里的泥娃娃，就这样在杜典娥的泪眼和挥别的手势中走过。不过，不要小瞧这所不正规的学校，如今它已是在县教委正式注册的一所"名校"了。

杜典娥生于1967年，是家里唯一的孩子。困难年代，贵州农村很少送女孩子上学，一是因为穷，块儿八毛的学费也掏不起；二是因为重男轻女的老观念：嫁出去的姑娘泼出去的水——干吗为别人家花钱培养孩子呢？杜典娥的父母没文化，但母亲是20世纪50年代的老党员、县妇女代表，觉悟很高也很有见识。当年去县城开会，她写不出自己名字，看不懂报告，不敢出门，因为不认识街牌。备尝了许多"睁眼瞎"之苦，她下决心砸锅卖铁也要送女儿读书——这在大屋基村是头一例，算是开一代新风。每天天不亮，母亲就催小典娥起身，揣上几个洋芋去上学。路上要翻一座大山，那时天还黑着，小典娥害怕，只好等着小伙伴会合了一起走。冬天来了，孩子们冻得瑟瑟发抖，有的提上一个小烘笼，手冻凉了就放在上面烘烘（我在当地"乡愁馆"看到一个展品，是竹编的小笼，里面放一个粗瓷小碗或铁盘，冬天夜里出门时装些火炭，既可照亮又可取暖）。到了乡上的小学校，上课到午休，孩子们各用三块石头搭一个小灶，用带来的米或洋芋煮一碗稀粥喝下去，下午接着上课。因为典娥家只有父亲一个劳力，在生产队拿不到多少工分，生活极为贫困，挖野菜、草根是小典娥的主要差事。因为交不上学费，她几次辍学又几次复读，直到1987年才初中毕业，这一年她已经20岁了，比同年级的孩子大了5岁。到这个岁数，一般农家姑娘早是孩子妈了。杜典娥是孝顺孩子。她曾想过考高中或中专，但给家里增加负担，她不忍。又想去外地打工，那就得扔下孤独而日渐衰老的父母，她还是不忍，因此一直在犹豫和纠结。那些日子，上山种地放猪，和周边许多农家姑娘接触多了，大家都特别羡慕她能读报写字。她们普遍不会写自己的名字，卖米卖菜不会算账，进县城两眼一抹黑。有的外出打工，雇主听说她们不识字，又说一口难懂的土话，挥挥手就打发走了，姑娘们只好回到闭塞而寂寞的山村，等着嫁人生子，一代代重复着老辈儿的贫穷与忧伤。有几次，从未进过校门的年轻女孩跑到杜家，让杜典娥教写自己的名字，然后揣好那张字条兴冲冲地跑了。她们说，外出打工，能签上名字领到工资就行了。望着她们远去的背影，杜典娥充满同情又深感痛楚——只会写自己的名字能管什么用呢？没有文化，注定她们只是简单的劳力，很难创造新的人生。

看到那么多年轻人外出打工了，母亲问典娥，你怎么还不走呢？典娥说，舍不得你们呗！其实她有了心思。一天，村主任来看望她的父母，说起大屋基村的贫困与落后，光棍和文盲太多，孩子上学太远太累，杜典娥突然问，我在村里办个小学，行不？村主任吃惊地说，办学校可不是吹泡泡儿，没钱没房没老师，咋办？杜典娥说，我当老师，我家当教室，把孩子找来教他们认字，有啥难的？不过我只有初中文化，教不了高年级，三年级以内肯定行。一句话像透窗而进的阳光，照亮了杜家的棚屋，也照亮了村主任的思路。

村主任和父母一起兴奋地叫："要得！"

事情操办起来，杜典娥才发现，自家局促的小地面根本无法办学，孩子们连活动场所也没有。在老党员母亲的主持下，一家三口做出决定：用自家的田置换邻居家的地，就可以腾出20多平方米的小操场。接着要扩房、铺路，父亲便借了些民间高利贷，带人上山炸石头，雇来的人每担100斤石头、走两公里到家，给3元钱。

村委会穷得尿血，没钱没物，只是送来几块木板，帮着做了一些小桌小凳。这期间，杜典娥跑遍周边各个山村，走家串户，动员所有适龄孩子来上学，说他们再不用大黑天提着小烘笼翻山越岭了。乡亲们问，没钱咋办？杜典娥说，每年只交6斤米，交不上的可以记账，啥时有啥时给。没课本咋办？母亲大义凛然地说，把家里的牛卖了！1987年9月1日，这个没名没照、只有一个无证老师的"私立"山村小学开学了。方圆十里八乡的30多个孩子背着空书包欢天喜地地跑来，最大的三个女孩17岁，其中两个有了未婚夫，最小的男孩6岁，满满登登挤了一屋子。上午9时整，母亲敲响了挂在门框上的"铁盘钟"，父亲把桌凳摆整齐，杜典娥拿着自备的教学笔记走进"课堂"，宣布开课。因为有些学生读过一两年就辍学了，杜典娥便把学生分为三个年级，开始在一间房里"轮番作战"：给一年级小豆包上课，就安排二年级做作业，三年级做游戏。就这样，数百年沉寂无声的大屋基村，第一次响起孩子们的琅琅读书声。完全不懂"业务"的杜典娥没按小学教材来，她教的第一个字是"人"，第一个名词是"中国"。在学生花名册上，有三分之一以上没打钩，意味着这些孩子的 6 斤米"学费"没交上。购买每年两学期的课本，对个头儿小小的杜典娥来说是一件很难的事——只有在乌江对岸的稳坪镇才能买到。每次，杜典娥清早起身，徒步翻山再乘船过江已是夜晚，得花钱找个地方住一宿。第二天再去镇上买回两大包课本，又要大半天，晚上再住一夜。第三天背上死沉的课本乘船过江，再爬山过沟，折腾到晚上才能回到大屋基村。不过，她也有意外"收获"。有一次，一个学生家长说，对岸的长江村有一个姓简的农户是他亲戚，可以借住在他家，省点儿住宿钱。杜典娥很高兴，如约去了。户主老简早年当过七年兵，豪爽热情，听了杜典娥办学的经历，老简深为感动，第二天便命令大儿子简光轩帮着她背书过江，送她到村。简光轩黑黑的，老实巴交，很少说话，光会笑。这以后，杜典娥凡是过江办事，就住在简家。一来二去，两个年轻人越来越亲近了，第二年杜典娥又去买课本，路上简光轩对她说，我看你家就缺一个帮你背书的人，这事儿就让我包了吧。杜典娥羞红着小脸，捶了他一拳。这一拳直把小伙子打进屋，当了上门女婿，一直住到现在，"职业"是学校敲钟人兼杂工。

杜典娥只能教到三年级。到了四年级，孩子长高了一些，胆子也大了，就可以到江对岸的镇小学继续就学了。一年又一年，一批批孩子来了又走了。杜典娥的贡献是，在山区农民生活十分艰难的条件下，在九年义务教育尚未全面普及的年月里，附近山村所有适龄的孩子特别是女孩，无一"漏网"全部上学读书了，这是多么温暖、多么令人敬重的小小伟业啊！这件事感动了德江县领导。七年之后（1994 年），有关部门给杜典娥一个"代课教师"的身份，每月补助 60 元。21 年之后（2008 年），杜典娥又办了学前班，总共有 100 多个孩子。家里装不下，杜家只好自费请人，从 5 公里之外的砖厂拉回水泥砖，加盖了小二层，每块砖到家的成本 5 元钱。22 年之后（2009 年），杜典娥考上正式教师，月工资 3000 多元，她终于能松口气了。32 年之后（2019 年），杜典娥已是乌发染霜，而她的微笑依然明朗。谈到她的学生，杜典娥充满骄傲和幸福感。32 年来，她总共教过 1500 多个孩子，三年级离开后，其中有 20 多个孩子后来上了大学，当了干部。中午我在她家吃便饭时，杜老师拿来一个陈旧乌黑的本子给我看，那是登记历年"6 斤米"学费的账本，名字后面打了钩的是交过的，还有少许没打钩的是至今欠着的。杜典娥笑着说，我整整教了三代人，有好些打了钩的，是后来儿子、孙子帮着还上的。这个账本我还留着，其实不是为了记账，它是我一生的记录和纪念品了。眼下，这所"一个人的学校"有 14 个学生，1 个上一年级，4 个上二年级，9 个上学前班，还有一个城里来的姑娘——志愿者陈华玲。杜老师说，这几年来，来她这儿上学的孩子不多了，因为通过这几年的扶贫工程，很多村民富了，纷纷把孩子送到城里读书。那边条件好，老师教得也比她好，她为他们高兴。

　　谢谢您，杜典娥老师！在亿万人民努力奋斗、脱贫致富的伟大历史进程中，你默默为山里孩子开辟出通往梦想的一条路。没有你的艰辛付出，也许很多人的梦想已早早失落在犁杖后面了。甚至，他们不可能有梦想。

废墟上的涅槃（节选）

◎次仁罗布

云南——在人们的印象当中是个美丽的地方，在全国她有很多极响亮的名片：植物王国、动物王国、有色金属王国、药材之乡等。人们总是将她与美好、富庶相连接在一起。

云南东部与贵州省、广西壮族自治区为邻，北部以金沙江为界，同四川省隔江相望，西北紧邻西藏自治区，西部同缅甸接壤，南部同老挝、越南等国相连；由于她北靠广袤的亚洲大陆，南连位于辽阔的太平洋和印度洋的东南亚半岛，使其处于东南季风和西南季风的控制之下，又受高原区的影响，造成了它复杂多样的自然地理环境。这里雨量充沛，境内有众多的河流和湖泊，加上世代生活在这里的众多民族，造就了云南独特的多元文化和斑斓的人文景观。

这样一个地方，在外人的眼中跟贫困、温饱是很难联系在一起的。

去年12月中旬我赶到了昆明，第二天云南省扶贫办负责宣传的领导接待了我，在那里我听他们介绍云南省脱贫攻坚的整体情况。

在几个小时的交谈中，我切身感受到云南脱贫攻坚一线战斗人员的情怀与担当。从 2018 年全国脱贫攻坚战扎实推进以来，奋战在一线的第一支部书记就有 2.6 万人、驻村干部 12 万人，他们沉潜到贫穷、偏远的村子里，放弃了节假日，放弃了休假，一心扑在村民脱贫的工作上。许多干部夫妻，周末开着车带着小孩，买上大米面粉菜油，到偏远的帮扶对口村民家里去看望慰问，了解他们的生产生活需求；许多干部由于长年累月在村子里工作，身患重疾，但仍坚守岗位；也有许多干部倒在了工作的岗位上，他们再也没有能够站起来……

正如云南省扶贫办宣传处冉玉兰处长所说："我们就是把脱贫攻坚战当成一场战役在打！"

我在云南的那些个日子里，切身体会到了这句话的含义。在云南脱贫攻坚奔小康的战场上，不仅有当地干部群众的身影，还有企业、个人的参与，更有上海、广东两省的介入，形成了东西部合力，全社会介入的一场轰轰烈烈的大会战。

云南省人民政府帮扶协作处牛涛处长介绍："云南的扶贫任务相当艰巨，人口较少民族地区由于地理、自然、历史、文化的原因，他们的生活状况都比较艰难，贫困人员也较多。"据了解，截至 2019 年，云南省共有 88 个贫困县，其中 27 个为深度贫困县，建档立卡贫困人口达到 189 万户，752.8 万人。这充分显现出了区域间的发展不平衡、不充分的问题，这组数据也改变了我们之前对云南的那份富庶的想象，只感到云南省的脱贫攻坚任务相当艰巨。

鲁甸县作家协会主席云鹏和扶贫办的工作人员黄雄辉，要把我送到龙头山镇甘家寨去。

汽车在山间道路上飞驶，前方是一溜狭长的坝子，村镇的房舍在路边错落有致，一条清澈的河水从坝子中央弯弯曲曲地流淌过去，宛如一条碧绿的彩带。

2014年8月3日，鲁甸龙头山发生了里氏6.5级的强烈地震，波及巧家、会泽、昭阳等地，鲁甸的龙头山、火德红，巧家的包谷垴、老店是这次受灾最严重的地方，有617人罹难，112人失踪，23万多人被紧急疏散，12.23万间房屋垮塌。其中，甘家寨在地震中遭到重创，60多户村民的房屋全部坍塌，被垮塌的岩石所掩埋，有52个村民不幸遇难。

此刻，他们要带我去的地方就是现在被整体搬迁到骡马口社区后涅槃重生的甘家寨。

我们的汽车顺着盘山路下来，就能看到一座座整齐的青瓦白墙房和绿树掩映中潺潺流淌的龙泉河，给人一种江南水乡的灵秀感觉。它有一个小城镇的规模，道路四通八达，公共设施服务齐全。汽车穿过一条条整齐的街道，停在了甘家寨社区里的一家客栈前，将我安顿好后云鹏主席他们返回鲁甸去，因为第二天他们又要赶到单位的驻村点。

甘家寨位于骡马口社区的中心地带，在进入社区门口的右边绿化带中，矗立着一座银灰色的铁制雕塑，下面有两根倾斜的支架，它们托起雕塑最上面的一牙弯月，两根支架中间竖排着红色的"甘家寨"三个字，显得极其醒目。

一条笔直的黑色沥青路直通社区的另一头，与对面的大路连接在了一起。道路两排是甘家寨村民小组的房子。房子都是青瓦白墙方格窗子，每家的墙壁上挂着一面鲜艳的五星红旗，在微风的吹动下轻轻飘摇。左侧房屋前留有一个300多米宽的广场，旁边伫立着一座龙头山镇人民政府立的碑，碑记上这样写道：

鲁甸县"8·3"地震

中国红十字会博爱家园项目纪念碑

骡马口社区甘家寨社碑记

2014年8月3日16时30分，云南省昭通市鲁甸县发生里氏6.5级地震，灾区群众生命财产遭受重大损失。

为帮助受灾社区提升防灾减灾综合能力，推动社区社会治理，促进社区发展，社会各界奉献爱心，通过云南省红十字会捐助善款50万元，昭通市红十字会捐助善款30万元，资助鲁甸县龙头山镇甘家寨社区实施博爱家园项目。其中：设立红十字博爱资金，滚动支持贫困户生计发展60万元；建立社区志愿者队伍、开展防灾减灾和产业培训20万元。该项目于2018年11月开始实施，2019年2月完成。

为感谢社会爱心企业（单位、组织）和爱心人士之人道义举，并永铭其功，特立此碑，以志纪念。

龙头山镇人民政府
二〇一九年三月

碑记文字的旁边还配了地震前后的甘家寨和如今建设一新的甘家寨照片。这种鲜明的对比，给人以强烈震动。

望着村民住房周围盎然的绿意，干净整洁的街道，我感受到了一种宁静、祥和的氛围。

　　如果不是亲眼所见，很难想象住在这里的人们，五年前曾经历了一场生死劫难，许多家庭因此支离破碎，他们经历的何止是与死神的一次抗争，更是一次心灵的洗礼，一次情感的磨难。等那一瞬间的地震过后，人们发现自己已变成了一无所有者。

　　可是，这短暂的五年时间里，他们依靠政府的帮助和社会各界的无私支援，加上通过自己勤劳的双手，又重新站立了起来，医治好心灵的创伤，正满怀信心地奔赴在小康的大道上。

　　天色暗了下来，甘家寨社区里的路灯亮了起来。

　　后来的几天时间里我采访了甘家寨的许多人，也跑到离这里9公里远的原甘家寨所在地去实地察看。甘家寨地处沙坝河、龙泉河、牛栏江的交汇处，这里坡陡山高，隔着牛栏江对面又是一座山峰。

　　我和甘家寨的邹家荣站在长满枯草的山坡上，他给我指着当时谁家在哪个位置，哪家地震中去世了什么人。最后他指着山脚道路下面、靠着牛栏河的一处被掩埋的房子，对我说："那里就是我曾经的房子，里面掩埋着我最小的孩子。当时他只有11岁，正上六年级。"他说这话时，满眼泪花，表情苦涩。

　　山谷中涌来的风轻轻地吹动他的头发，路边的蒲苇摇荡着身子，仿佛也在低声哭泣。

　　以前，我们站立的这块坡地被修整得比较平坦，上面错落有致地依山建着甘家寨人的房子。那时建上两层楼房的只有16户人家，其他43户都是土房——但它们都被弄成了青瓦白墙。房子的周围被甘家寨人开垦出了一层一层的梯田，上面种上了各种蔬菜，在田边地头或山上种些花椒树。那时甘家寨是属于龙泉社区的，由于它位于三级电站和二级电站之间，用电和灌溉都特别方便。甘家寨人的经济收入主要靠种植蔬菜和外出打工，再加上一点儿花椒种植收入，每家年平均收入可达到万元。他们的日子过得还是比较舒坦且安定的。

由于特殊的地理位置，龙头山镇甘家寨的蔬菜，比其他地方都会早熟，而且一年可以种上两季。等甘家寨的人从地里摘下青翠的蔬菜拿到小寨、龙头山、包谷垴、沙坝、光明等地去卖，每斤都能多卖 8 角钱。等到其他地方的蔬菜上市时，甘家寨人的蔬菜差不多已经卖完了。他们种植的有辣椒、西红柿、黄瓜等，每天用摩托车驮着新鲜的蔬菜驶向不同的地方，蔬菜收获的时候是甘家寨人最忙活的时候，也是充满希望和憧憬的最美好时光。

甘家寨的人在计划着未来，绘制幸福生活蓝图之时，不测却在向他们步步紧逼。

据邹家荣的回忆，那天早上他到猪圈去喂猪时，猪都相互拱着，欲要跑出圈外似的；再去给鸡喂食时，平时过来争抢食物的那些鸟儿都不知飞到哪里去了，不见一只到这里来争食。当时他只觉得有些不可思议，但也没有多想，抬头只看到了阴沉沉的天空。

他回屋收拾停当后，离开甘家寨去了天生桥。但他没有想到的是，灾难已在他们的脚下游弋着。

这是让甘家寨人刻骨铭心的时刻，时间被定格在了 2014 年 8 月 3 日 16 时 30 分。

是一场走滑型的地震，震源深度只有 12 公里，却在极短的 6 秒钟里，释放出了 6.5 级地震的能量。用甘家寨人的话说，之前他们听到的是"嗡——嗡——"的低吼声，接着地动山摇，垮塌的半壁山夹着石块和土,卷起漫天的尘雾,轰隆隆地往下一泻千里。山谷里尘雾腾腾,什么都看不见。等灰尘消散,幸存的人瞪着惊惧的眼睛再看时,整个甘家寨 60 多座房屋都不见了,被掩埋在了土石之中。人们凄惨的叫喊声、哭声响彻在这山谷中。

对峙的山上垮塌的土石,将牛栏江给活生生地截断,形成了赫然可见的一座大坝。

幸存的人们呼叫着亲人的名字,他们慢慢相互靠拢,希望能有奇迹发生。

这些幸存的人,绝大部分是因为去山上采摘花椒,才躲过了这一劫。

山上时有石头滚落下来,他们躲闪着走到被掩埋的房屋旁,满心希望能寻找到生还者。可这里除了满目疮痍外,他们没有找到一个生还者。但他们不愿放弃,幸存的人们不分彼此,不分亲疏,用双手挖刨那些岩石与土。

时间分分秒秒地逝去,希望离他们也是越来越远,加上余震不断,甘家寨幸存的人只得扶着伤员,往天生桥方向转移。

通往天生桥的路上滚落着大小各异的石头,道路出现裂痕,他们相互依靠、帮扶,艰难地走到了天生桥,此时天色开始暗淡下来。

他们在那里得到通知,说是晚上会下一场雨。甘家寨人用车篷搭了个帐篷,将受伤的 23 名伤员安置在中间,其他人围坐在周围,度过了那个令人沮丧且阴冷的不眠之夜。

那夜无比漫长,这 200 多名幸存者的心里一直在祈祷,希望失踪的亲人们都能活过来。他们的脸上湿漉漉的,不知是眼泪还是被雨水浇湿的。也有女人在轻声地啜泣,那哽咽声是如此凄惨和无助。男人们默默地坐在帐篷下，眼睛望着漆黑的夜色，让痛苦的泪水直往心里淌落。男人们不能当着妇女和小孩的面哭泣，那样女人和孩子们还能依靠谁，谁为他们撑起一片天呢？在这雨水淅沥、余震不断的夜里，男人们最多只是轻轻地叹息一声。那叹息声沉重如山，压得他们呼吸不畅。

第二天，抢险队早早地赶到了天生桥。七点多钟，又饥又饿的甘家寨人，准备前往沙坝。路上余震和滚石不断，为了安全起见，他们决定十个人一组地出发，这是为了便于出现状况时能紧急逃生。前方的道路被阻断了，第一组的人抬着伤员开始往山上爬，等他们走了一段距离，第二组才开始出发，之后是第三组……

他们经过艰难的爬行，终于走到了沙坝。

中午时，政府派来的救护车赶到了沙坝，医护人员给伤者进行紧急处理后，将病人送往鲁甸县医院。甘家寨的其他人又徒步前往鲁甸县，被政府安排在了人工湖旁边搭建的简易安置房里，还获得了食物。

休息了一个晚上后，甘家寨幸存人的心里，割舍不下那些失踪的亲人，心里抱着一丝希望，他们决意前往甘家寨去继续搜寻。

当他们来到昔日的家园，看着被雨水冲刷后的废墟时，心情格外沉重和悲痛。他们拿着工具开始挖刨，一上午的时间里他们只找到了三位遇难者。

中午时分，十四集团军工兵团的救援队伍赶到了这里。战士们望着这片废墟，内心极其悲痛，他们顾不得喘口气，就在烈烈日头下开始挖刨。不一会儿，他们身上汗如雨下，湿透了衣服，可是他们不肯歇息片刻，继续奋力挖刨。铁锹与岩石触碰的嚓啦声和粗重的喘气声搅碎了这里的宁静。

由于被石块的猛烈碰撞、挤压，被挖出来的死难者遗体没有一具是完好的，无法辨认遇难者的身份。

甘家寨人一次次地目睹这种状况后，内心煎熬无比，痛苦万分，肝肠寸断，这哪里是他们想要看到的结果啊！甘家寨人跪下来，声泪俱下地求救援人员不要再继续刨了，他们无法接受这样的惨状。

听到甘家寨人的请求后，救援队员停止了挖掘。他们抬起头，望着跪在地上饱受煎熬的甘家寨人，眼睛里落下一颗颗晶莹的泪珠来。战士们用他们沾着泥土的手取下沉重的头盔，将它抱在身体的右侧，低下头来为掩埋在泥土下的遇难者默哀。

无奈这场灾害来势太凶猛，无奈时间流逝得太匆忙，加上甘家寨人看到支离破碎的遗骸，心灵受到极大的伤害，苦苦央求救援队伍不要再去挖掘，救援队只能顺从他们的意愿，让死者永远地长眠于地下，让他们与天地共存。

这次地震中，甘家寨有52人被掩埋在了垮塌的岩石之中，人们只寻到了其中的36具遗体。

冲锋陷阵在最前面！这句话充分体现在了这些军人身上，祖国哪里有危险、灾情，他们的身影就会出现在那里，保护人民群众的生命和财产安全，保护国家的安宁。这次鲁甸龙头山地震，也是部队官兵在第一时间赶到现场，投入抗震救灾的第一线。这些年轻的人民子弟兵，不顾个人安危，奋勇当先。当甘家寨人无助之时，他们用行动和爱，温暖并感动了甘家寨人。如今，再次谈起这些救援队员时，甘家寨人的言辞里充满了感激之情。

而今站在这块坡地上，望着牛栏江缓缓流淌，望着山坡上的几座坟墓，往事并不像烟雾般消散。邹家荣和我并排站立在这里，我能强烈地感受到他内心的痛苦。他说:"到现在,我的父亲还没有从地震的阴影里走出来。"内心承受的煎熬是何等痛苦,或许它会陪伴你走完这一生。

地震发生那一天,邹家荣的父母到山坡上去摘花椒。地震时山坡垮塌,两位老人一直被冲到了牛栏江边。他们从那里爬起来,发现自己只是受了一点儿伤,就循着路往山上走,跟着大伙儿一起投入救援的行列里。但这样的奇迹却只发生在了他俩的身上⋯⋯

这一场突如其来的灾难,将甘家寨人以往宁静的生活打碎了,他们的心灵上留下了沉重的阴影。时任甘家寨社社长的张元山,一下失去了7位亲人,这位汉子一下子被击垮,无法从伤痛中走出来;年迈的李勤巧老人也失去了24位亲人,老人悲痛的眼泪都流干了;被邹家荣视为心肝宝贝的最小的儿子,也在这次灾难中离世,这种打击直到现在都没有消失;张元顶辛辛苦苦到昆明去打工,省吃俭用,供在昆明读大专的女儿,指望将来她能有出息,可是这个希望被地震无情地毁灭了,三个孩子在这次地震中遇难;几个孩子失去了父母和家庭,变成无依无靠的孤儿⋯⋯

这次遭受重创的甘家寨,今后会不会沉沦下去,抑或浴火重生,这是各级党委和政府都非常关心的事情。他们为了甘家寨人竭尽全力,提供最好的驻地,最好的政策,最好的待遇。

青烟袅袅入藏家

◎徐　剑

我以为，看一个社会和时代是否真正具备人类文明指数，看它如何对待妇女、儿童和弱者；看一个大国是否真正具有泱泱大国气度、气象，看它如何眷顾少数民族。这场精准扶贫行动，这条西藏奔小康之路，佐证了中国速度、中国传奇、中国气象。

一

国庆节将近了，最后一个句号落下时，我长舒了一口气，倚于窗前，往西远眺。彼时，已有红嘴鸥和灰头雁翱翔彩云之南，云南、西藏，雁羽带来了雪域青稞的麦香。凝视电脑屏上《金青稞》，感慨万端，北京的疫情刚缓解，我便飞往西藏昌都，对西藏自治区最后一批退出贫困的县，进行了52天采访，踏雪归来，身心疲惫至极；又在云南故里伏案80天，一部氤氲着牛粪青烟、闪着金青稞光芒的书稿，终于杀青。

去年仲秋接下这个选题时，我刚从云南采访独龙江扶贫工作归来，后又去北海参加一个文学活动，未参加中国作协的部署会，但深知这是国务院扶贫办与中国作家协会联袂讲中国故事的文学工程，是中国共产党成立百年的致敬性书写。原想秋天入藏采访，可此时的藏东、藏北及阿里、后藏，寒山万里已降雪，且多在生命禁区，气候极其恶劣，不容长时间深扎下去，唯有明年开春再远行雪域。随后，在中国文学博鳌论坛上，我登台而谈，以采访独龙江扶贫为例，一花《怒放》。

这次书写，具有非凡的现实意义与历史意义，中国是一个传统的农耕文明古国，农耕文明历史可上溯至3000年前，并赓续到近代，我们一直秉承风调雨顺、男耕女织的千年香火，只是到了70年前，或者40年前，才开始告别农耕文明，进入一个后现代化时代，推开原子时代、电子时代的转门，直接进入全球化的天空下。

可是我们对于中国乡村题材的书写，仍然恋眷旧式文人的情调，执念般地寻找乡愁与诗意，揭露乡村的愚昧无知、自私落后，甚至以暴露乡村黑暗和堕落为文学神品，面对乡村中国一个个新人出现，视而不见。还是传统文人的那一套思维模式，这没有什么不对，只是文学的坐标和叙事系数，不断被重复、被同质，好像中国乡村除了愚昧、落后、狭隘、自私、野蛮，再无一堆温暖的篝火。

不少作家脚已踏进全球化叙事天空里，身子却还未进入后现代的门槛，脑袋还夹在乡村旧式思维的门缝里，喃喃自语乡村的旧式怅然、怆然，以复调、咏叹调自娱自乐。其实，从民国风再追溯清、明、元乃至大宋朝和盛唐诗词歌赋的书写，都离不开乡愁和星空。我们怀念古代中国，又滞于和重复古老的叙事，没有寻找到一个新的哲学的、美学的和历史的视角。

因此，我以为精准扶贫题材的书写，应该有国际和历史的视野，要看到上下五千年。作为执政者，中国共产党人确实是做了中国历史上未曾做到的事情，就是让贫者不复贫困，衣食所安，饿殍千里已成为过往；让老者老有所依，不再冻死于风雪；让幼者幼有所托，不再流浪街头，与狗争食；让弱者弱有所傍，不再弱不禁风。

这些祈愿，历朝历代都难以做到，纵是汉唐盛世，甚至富甲四海、人文情怀最盛的北宋，都没有解决好。可以说，上下三千年，底层穷人的生活被老杜一首诗"朱门酒肉臭，路有冻死骨"一言以蔽之。这一句谶言，一直贯穿了中华文明史的始终，这是我们这个民族无法走出的历史怪圈。

当然，从世界来看，也没有哪个西方强国真正解决了穷人的衣食住行。可是，经过40年，尤其最近的10年、5年，一代中国共产党人办到了，以前所未有的历史气魄与雄心，动员那么多政府公务员和大央企管理层驻村，声势浩大地展开精准扶贫，倾一国之力、全民族之情，让穷人、老人、病人、小孩子衣食所安，住有所庇，真正实现了一代诗圣所云，安得广厦千万间，大庇天下寒士俱欢颜。

这是杜甫的千年梦想，也是中国文人的千年梦想。天下苍生屋檐上有一片瓦，躯体有一缕衣，饭桌上有一桌饭，其实何止是这些啊。在西藏，从象雄古国、吐蕃赞普，都在梦想一个农耕文明的香巴拉、弄哇庆，即一个不愁吃、不愁穿，样样都有的神仙世界、天国之境，好梦将圆了。

二

　　对于这次扶贫书写,我本有多个方向可以选择,或大西北,甚至我最想写的西海固,或老家云南,但是最终我选了西藏。结果,一位西藏籍作家来写云南扶贫,而一位云南籍的军旅作家去写西藏扶贫。毋庸自擂,其实写西藏扶贫,我是最合适的作家之一,我想通过这片莲花圣地、精神高地,实现自己的生命和写作的一次盛年变法。

　　有人问过我,为何对西藏情有独钟?我用两个字回答——高度——一种无法逾越的高度,地理的、苍生的、宗教的、精神的高度。对于民族叙事而言,它还有一种文学海拔的高度,乃至哲学的、精神的海拔;对于文学探索者而言,西藏环境恶劣、地域艰苦,注定了民俗风情与宗教文化的多样性、复杂性和陌生感。对于文学叙事的探险,兀自而立一片精神高原、一座座雪峰,对于一个文学的攀登者、探险者,都有无尽的诱惑。

　　再者,还在于我对藏地的熟悉。35年间,我20次入藏,了解那里的一草一木、一屋一瓦,有了《东方哈达》《雪域飞虹》《坛城》《玛吉阿米》《灵山》《经幡》等7部书的积淀,西藏扶贫的书写应该是最自然的文学链接。对于这次书写,我自己设计的采访路线又笨又远,没有一点儿投机取巧,不是选一个点、一个镇,甚至一个县,以一叶窥全景,而是从西藏东部重镇昌都进入,沿317国道,入藏北、环大北线,再从羌塘无人区挺进阿里,转入后藏重地日喀则,最后止于拉萨、山南、林芝,走完西藏最后一批脱贫的19个县,东北西南中,等于环西藏高原行走了一个圆弧,每走一步，海拔步步高升，潜伏无限的风险和挑战。

这意味着我要走过农区、牧区、无人区，走过无边的旷野与村庄，意味着我必须从繁华走进荒凉，从都市走向偏僻，一路向上，一路向西，海拔不断升高，不少地方逾5000米。长时间采访，置身于生命禁区，在我这个年龄段，对身体和意志都是一种挑战，然而正是高而险，对现实主义的创作之路，才一路风光无限。有人问，你写这本书都做了什么样的案头准备？我说，准备了35年，从1985年起，就开始在准备这本书，用一生的准备，来书写这样一个重大题材。从某种意义上说，就是生命的激情书写，以一个汉地作家眼光扫描西藏的精准扶贫，从京城十里长街边上军队大院，再眺望遥远的西藏，会给人一种错觉、幻觉，等于站在北京的金山上，前边是江山家国，是苍生命运，是国运大势，是中华民族大家庭一次全家福合影。

我以为，看一个社会和时代是否真正具备人类文明指数，看它如何对待妇女、儿童和弱者；看一个大国是否真正具有泱泱大国气度、气象，看它如何眷顾少数民族。这场精准扶贫行动，这条西藏奔小康之路，佐证了中国速度、中国传奇、中国气象。

三

该出发了。北京的春天悄然而逝，将近初夏，一场突如其来的新冠肺炎疫情，成了一次漫长的等待。也好，我蛰伏永定河孔雀城，气沉丹田，写作了5个月，完成了《天晓——1921》的书写，刚长舒了一口气，5月24日便背起行囊进藏，25部扶贫书籍，我是最后一个采访者。但没有觉得紧张，依旧从容采访，西行莲花高原、西圣地，一走就是几十天，在朋友圈里，不断有作家晒自己扶贫新著，我没有一点儿仓皇，前面有人探路，可以避免同质化书写，我不想重复别人，也不想重复自己。

对西藏扶贫的书写，就是想突破自己。我用三部书来完成这个人生阶段：南海填岛的《天风海雨》、中国共产党百年历史的《天晓——1921》，收官之作就是这部《金青稞》。三部书犹如三道门槛，是我壮士暮年必须逾越的三道南天门。这种超越，就是想抵达一片文学海拔的新高度，一片历史的、哲学的、精神的高原，这是一位作家应该抵达的高度。因为我走过的地方众多，足迹遍布西藏，有上象雄、中象雄和下象雄王朝宫殿旧址……访谈之人多为芸芸众生，也有高僧大德、学者专家，试图从一种历史废址上，拂开岁月的积雪，寻找和探究一种古老文明是如何衰落并走向灭亡，是气候变迁，还是地理原因，抑或是外来战争、战火兵燹、宫乱杀戮所致，给当下留一些历史性思考与参照。

四

这次赴西藏采访，每天都遇到独特的、传奇的、鲜活的，或是感动的故事，像一股荒原大风一样扑面而来，而那些平民的故事，弥漫着牛粪的青烟。可以说，凡有烟火处，就有感人的故事、感动中国的故事。所到之地，驰目所见，是一幅苍生图，倾情而诉，是一片民生情，牧场上所览，是一幅浮世绘，氤氲着人间烟火。其中有一洋洋大观，是单身妈妈的众生世相，由于西藏牧区特殊历史风情，她们自己带孩子过日子。在噶厦政府时代，是一个社会恶疾，不少未婚或单亲家庭成员沦为乞丐。

如今，这个时代已一去不复返了，她们的命运和生存环境得到了全方位改善，未婚妈妈与孩子是清一色的建档立卡户，列入易地扶贫搬迁，搬进了新藏房，安排了生态岗，加上草原补助、边境补助等制度保障，与过去真是有天壤之别。

再一个震撼是高海拔搬迁，几万人下寒山，从羌塘无人区腹地整体搬出，将家园和大荒还给动物。牧人不再逐水草而居，人与动物争地盘的历史不复存在，这是了不得的壮举，是人类家园意识的复活与觉醒。藏北无人区生存环境酷烈，生态极为脆弱，无法承载那么多牛羊，更不适宜人的生存。

在西藏北部采访时，在那曲北三县的安多和双湖无人区，海拔都超过了5000米。从申扎县到双湖县，走一天就是400多公里，在世界屋脊上行走，我看到了西藏自治区政府做了一个非常艰难却又功德无量的事，将高海拔之地的人和家畜全部迁往雅江流域，几万牧人出乡关、别牧场，场面令人震撼。

在那曲和阿里那些日子，从一个采访点到另一个采访点，行车四五百公里是常事，最困难的是说话，在海拔高的地方，最忌讳多说话。可每次采访都要大量发声，循循善诱，绕许多弯儿、费很多口舌，为的是搜集到最精彩的故事和细节。因而每天晚上八九点钟，摸黑回到下榻处，人已是筋疲力尽，躺在床上动都不想动。吃饭则成了最大累赘，毫无食欲，能啃一口苹果、吸一口氧气，觉得是世界上最幸福的事、最幸福的人。

感动在民间，在凡人小事。在阿里高原，有三个老人的故事最动人。第一个老人叫坚参，阿里扶贫办达平书记提供线索时说，措勤县达雄乡有一个80岁的老牧民，今年2月26日，在武汉新冠肺炎疫情危急时刻，交了10000元特殊党费。开始时，我觉得这是一件好人好事，善心慈航，不会写出彩儿来。可是那天上午，从县城出来跑了 200 多公里，在洞措牧场无路的草原上艰难行进，中午抵达边山村牧场，见到了这位老牧民。他个子不高，其貌不扬，可讲起的一段往事，却深深地打动了我。

1959 年，他曾赶着牦牛为解放军送给养，走了一个多月。临别时，金珠玛米（解放军）给他付了 600 元人民币，并郑重地说，这些支前牦牛是几家人凑的，一定要把钱分给人家，别当纸烧了。说这是人民币，像藏银一样可以兑换，过段时间就可以到供销社去换物。60 年后，解放军不拿群众一针一线种下的因，结成一个善果。坚参老人一生靠放牧，收入并不高，却捐助了 10000 元。他说，他经历过新时代，看到国家在一天天繁荣富强。56 个民族，56 个兄弟是一家。现在发生了疫情，汉族老大哥家中受难，我们要伸出援助之手啊，这才是报党恩，感谢当年金珠玛米之情啊。听完这个故事，我感到震撼，在那遥远的阿里，一个不懂汉语的老人，永远铭记 60 年前解放军的一段恩情，让人感动的是在极边牧场，一个普通藏族老人具有家国情怀。

采访结束，我拉着老人在他家的黄泥牧屋前留影，屋顶上有一面五星红旗，在雪风中迎风招展，映照着一个藏族老党员炽热的初心。车驶出很远了，我从后视镜中，不时回眸那个小黄泥屋，那个站在小屋前默默招手的老人，那一刻，我竟落泪了。

再一个故事，是在中印边境札达县底雅乡古浪村，象泉河水半个小时后就能流到境外，山脊那边就是印度的喜马偕尔邦。那天晚上 10 点钟，我敲开一道杏树林相掩的小门，采访从徐州睢宁县来的老人杨桂房，他年轻时与初中同学李莲珍相爱，后李罹患白血病而亡；他发誓终身不娶，默守一份被雪风吹干的爱情。

可后来公司到边境一线连队施工，到了象泉河流经的底雅乡，杨桂房邂逅了次吉卓玛，一位带着两个孩子的年轻母亲，从此留在了边境小村，结为佳偶。屯田戍边，喜马拉雅的云中路，迢迢万里，雪峰又远又高，挡住了他回乡的路，故乡难眺啊。28年未归故里，杨桂房的父母、哥哥、姐姐病逝，他也未曾回去过，是掏不出这笔回家的钱。他的故事一次次撞击我的心扉：汉家男儿藏地情，牧羊男儿壮士心。

还有一个老人，是阿里改则盐羊古道上最后驮队的老羊倌布玛，已经74岁了。他的羊皮袄里，装着盐羊古道上的历史与神话、传奇与故事，连他自己也成了一个传说。与80岁的老妻守在羌麦村盐湖盐场，从湖中挖盐、运盐、晒盐，最后靠着自己的双手，摘掉了贫穷的帽子。

走进他的黑帐篷里，燃料就是一盆干羊粪，生活条件极为艰苦。我坐在卡垫上，脚下荒草寂寂，听他讲过去盐羊古道上的故事，仿佛在听传奇与神话，羊粪青烟袅袅，我的文学的篝火，也在那一瞬间被点燃了，热血沸腾，竟恍惚置身其中，远古的雪风吹了过来，羊倌的情歌高亢入云间。最终寂静下来，最后的驮队和最后一名羊倌，成了一种历史的绝响，像雪尘一样，被朔风吹散，化尽涓涓细流。站在大荒中，望着那个渐渐远去的背影，给人一种独怆然而涕下的感觉。

五

西藏最后一批19个退出贫困的县，横亘于横断山、唐古拉山、喀喇昆仑山、冈底斯山和喜马拉雅山之间，并流独泉河、象泉河、马泉河，都坐落于名川大山之间，无限风光风情在雪山、在牧场、在黑帐篷里、在人间。

317国道又称大北线，是西藏最具人文风情和风光的路线，从第一站昌都入贡觉、察雅，再转至319国道和318国道出，连那些高级别户外团都嫌苦，不愿走。

我5月25日从北京飞往成都，从巴蜀进藏，第一个落点是在横断山上的邦达机场，海拔4300米，是世界上海拔最高的机场，因为气候原因，跑道下雪和结冰，连着6天航班未曾落下，我从早晨6点进候机楼，等到中午11点，通知航班取消。当机立断，改飞玉树，从玉树到昌都贡觉。第二天行车，走了10个小时，翻越好几座海拔4500米以上的大雪山，抵达贡觉，走进帕措父系社会……

这趟行走，可以完全按我的设计路线，住得最高的县城是藏北双湖县，海拔5100米，行至极边之地，把西藏的人文历史详细了解了一遍。再抵达班公湖北岸，游走于中印、中尼边境，探究一种古老的象雄文明、古格文明，寻找历史的注脚和文化密码，从更高的历史、文学和文明视角，思考并诠释堪称人类奇迹的精准扶贫行动。

六

这是我第21次进藏，也是走得最远的一次。采访行程中，我翻越的不仅仅是一种地理海拔，还有寻找一种文化的、文学的海拔，甚至是人类的精神海拔。我为西藏写了7部书，其中描写青藏铁路的《东方哈达》，我更多的是从人类工程奇迹，从一条世界屋脊的天路，来看汉、藏两个民族在千年历史时空中，从战争、和亲、交往，最终融为一家兄弟的交往史、融合史、心灵史；而《经幡》是从三个女人的视角，人类学家、东方学者大卫·妮尔，民国女特使刘曼卿和贵族之妇拉鲁夫人，回看百年藏地的沧桑巨变，梵呗声声、香草美人、马蹄声咽，展现的是一部百年西藏的风情史、风物史、精神史；而《金青稞》，则从精准扶贫的视角，直面旷野无边的牧场与青稞地上的苍生，书写雪域叙事背景下的新人新事，缭绕藏居帐篷的牛粪、羊粪的青烟。

面对神山圣湖，一个哲学问题始终萦绕采访和写作的全程，我们从哪里来，又将向何处去，往生寂灭，轮回复活，方生方死，方死方生，一直影随着文学叙事的始末。

如今，我的扶贫写作已经完成，我在叙说中国故事中，一直在翻西藏的两部史书《红史》和《青史》，它更多记载的是吐蕃的王臣史、宗教史，就像布达拉宫的墙上，看过松赞干布的余训，依稀记得大意，作为题记，写下如此文字：我想要西藏所有的老人老有所养，不再贫病交加；我想要雪域所有的幼者都幼有所托，不再流落街头；我想要芫野所有的弱者弱有所安，不再流迹天荒，得广厦千万；我想要天下所有的贫者不再饥肠辘辘，风雪冻死骨从此绝迹。这是松赞干布的千年梦想，一代共产党人做到了。

《金青稞》的采访写作，还埋着一个生命划痕。那天到老巴青宗旧址巴青乡采访三十九族霍尔王后代多确旺旦，因为在帐篷里牛粪烧得太热，后背出了汗，长了痱子。晚上回到宾馆又太晚，淋浴的水不热，冲澡后，钻进被子里有点儿发抖，第二天便开始干咳。到了聂荣县和那曲市加剧了病情，咳声不绝，吃了抗生素也不见好转，有点儿后怕。

后边的行程海拔更高，环境更苦，若遇高原反应，小命危矣。可是，到了海拔5000多米的尼玛县和双湖县下榻，住了几天，无碍，未见高原反应，一颗孤悬的心落地了，什么担心都风吹云散。藏地50多天咳声不绝，但当飞机落地昆明，戛然而止。

彩云之南，故园才是一个作家最后的福地。因为我的这部《金青稞》，是敬献共和国金秋华诞的一份厚礼！

初心的力量

◎ 吴克敬

"为了什么呢？为了吃得饱，穿得暖。"

中华人民共和国成立七十周年的前一天，我去了延安，来到脱贫攻坚的现场，去搜集整理这方面的典型材料和突出代表。有点儿红色记忆的人都知道，这里是中国革命的圣地，是中国共产党在土地革命战争时期创建的红色革命根据地，她既是党中央和中国工农红军长征的落脚点，又是进行全民族抗日战争的出发点。这里诞生了伟大的毛泽东思想，孕育了光耀千秋的延安精神。我赶在国庆节前去到延安，是有我的想法的。我要先走进建立在延安市的"八一敬老院"，与在这里疗养的老八路、老革命，来一个重温革命历史、不忘初心的恳谈。

我是在延安市作家协会党组书记霍爱英的陪同下，去到"八一敬老院"的。我与疗养在那里的老八路、老革命一起恳谈，有六位健康条件不错的老人，从他们自己参加革命的角度，谈了各自的情况。让我深刻地感受到了他们参加革命的初心，其实就是为了脱贫致富。

我没想到，在"八一敬老院"与革命老人恳谈后，当我到达采访地索洛湾村，见着了我的采访对象柯小海时，他给我说起立志乡村建设、带领乡亲们脱贫致富奔小康的初衷时，居然与百岁革命老人的初心一模一样。

柯小海说，小时候吃不饱，穿不暖。现在我们遇上了一个好时代，我们不仅要吃饱穿暖和，还要有新的成长、新的发展。

柯小海在与我说这些话前，他刚刚赴京参加了国庆七十周年庆典。当时的他就站在"乡村振兴"彩车上，接受党和国家领导人检阅，而我是坐在电视机前看到他的。新中国成立七十周年的国庆庆典的日子里，柯小海受邀赴京，参加天安门前的花车游行，他就傲然地站在第二十一辆"乡村振兴"花车上。宏大壮阔的国庆庆典，陕西的元素有许多，国防建设，科技教育，航天航空……然而农村、农业、农民代表，就柯小海一个人。因为"乡村振兴"的花车上，包括柯小海在内，仅只有九位代表。柯小海荣幸地成为其中的一位，那是他的骄傲，也是红色土地延安的骄傲……他是应该骄傲的，骄傲他不负青春，为了家乡，为了家乡的百姓，锲而不舍、坚定不移地做出的贡献。

我来索洛湾村采访，得知柯小海的大伯柯玉斌在大革命时期就在索洛湾村创立了党支部，并担任支部书记。大伯柯玉斌去世早，但他敢闯敢干、勇于革命的精神，给他们那个苦难的家庭，留下了深刻的记忆。柯小海听老辈人说过，他大伯活着时，说得最为刻骨铭心的话就是："穷人的肚子，是要依靠革命来填饱的。"

我与柯小海一见面，就在他的带领下，踏访了他大伯柯玉斌当年进行革命斗争的线路，去到现在被柯小海打造成一处乡村旅游景点的窨子沟，爬上半山崖壁他大伯成立当地第一个党支部的那孔石窑洞，一起缅怀了革命前辈。

在那孔石窑洞里，柯小海说，索洛湾村的发展是有根基的。

那根基即是人望初心，使老百姓过上好日子。

参加中国作家协会组织的文学实践活动的我，再次来到索洛湾村，再次见到柯小海，在与他的进一步交谈中，我更深刻地认识到他们索洛湾村生生不息的优良传统。村子里钱、朱、岳、阮、王、秦及他们柯家诸姓，都有"闹红"参加革命的人，柯玉斌、钱文彬、朱彩梁、岳英才、阮世龙、秦启发等，多了去了。出生入死，奋勇地奔赴抗日前线、解放战争，还雄赳赳、气昂昂地跨过鸭绿江，抗美援朝，是他们索洛湾村新时代建设的奠基者。他们不忘先辈们的功绩，沿着走过的道路，继续勇敢地前行，还有新的人才在涌现、在成长……张军朝、路建民两位前任村支书，就是这样的人。而柯小海就更不用说了，传承了他们的优良传统，终于使索洛湾村实现了脱贫致富的大目标。

陕北的地理特色为：延安以北的地区，干旱少雨，荒山秃岭是其基本生态；延安以南地区，相对湿润温和，林木丰茂，既有高耸云天的乔木林，又有几乎密不透风的灌木林，而更多的地方，乔木夹杂着灌木，灌木夹杂着乔木，当地的老百姓以他们自己的理解，把这样的山地，就都叫了梢林。鉴于陕北革命"闹红"的时候，刘志丹等老一辈革命家，巧妙地利用了这一地利资源，与反动派进行着艰苦卓绝的斗争，被后来研究陕北革命的学者誉为一种独特的梢林精神。

然而在深山梢林里讨生活，可是很不容易的呢。

别说是索洛湾村，延安南部的梢林深山地区，几乎没有一个村子是固有的原始村落，许多村庄，都是五湖四海逃荒逃难来的贫困人家。像柯小海家，就是从湖北大别山逃难来的。逃难来到"梢林"里的索洛湾，他们没有被梢林难住，而是勇敢地做了梢林的主人。如今担任索洛湾村委会主任的张军朝，对此记忆得就特别深刻，村里人的日子过得难场的时节，缺吃少穿，饿得人眼睛冒花花时，就手提一把老镬头，上山刨"鸡头根"，钻梢林捡拾橡子磨粉来填肚子。春天了，山绿了，还得上山挖野菜，钻梢林折树梢头，煮出来充饥……这样的生活，谁能说好过呢？好过难过都得过，梢林就这么不讲道理地锻炼着索洛湾村的人，培养着索洛湾村的人。

索洛湾村人在他们的带头人柯小海的带领下，响应党中央脱贫致富的号召，经过多年的奋斗，一举改变了村里贫困落后的面貌，成为陕西省脱贫致富的典型村，柯小海自己成为脱贫致富标兵。他们村现正向着更高的目标前进，把一个"梢林"里的小山村，建设成远近闻名的"公园化村庄"了。

小公园村建设的核心是他们村的窨子沟，柯小海与全体村民，奋战了1800多个日夜，把一条原始的窨子沟，建设成了一处游人如织的大公园。

公园里规划建设的景区内环谷栈道、山间石路、彩画廊桥、飞云瀑布等景点，共耗资5000余万元。而这仅只是一期工程，在此基础上的二期建设项目，也在如火如荼地进行着……可以预见的是，窨子沟公园为索洛湾村村民们的生产生活带来的变化，是空前的，更是实在的。

索洛湾村现有116户人家，416口人。2014年时，村中富裕户为56家，发展户601家，如今已没有了贫困户。2016年时，全村集体走上了小康道路。现在的索洛湾村，集体经营的企业有三大公司，即黄陵县龙湾汽车服务站、黄陵县双龙镇索洛湾蔬菜专业合作社、黄陵县双龙索洛湾绿地旅游服务有限公司。三大公司的经营方向，既有工程开发、运输等，还有汽修、农林牧业生产种植、旅游餐饮等。到2007年时，村集体资产即接近亿元，如今早已突破了亿元大关！

柯小海从1998年被推举担任索洛湾村的村干部，到今年已经22年了。他怀揣梦想，带领索洛湾村的老百姓，走过了一个从小到大、从弱到强的乡村集体致富奔小康的康庄大道，他们走得艰难，走得辛苦，但他们走得坦荡，走得辉煌！

然而柯小海没有忘记他现在不只是索洛湾村的党支部书记、村委会主任，他还是双龙镇党委副书记。

既是双龙镇党委副书记，就必须担起他所应有的责任。而且因为柯小海在索洛湾村的实践，他也完全具备了这样的能力与视野，可以为更广大的群众服务了。心里怀着这样的理想，柯小海把目标首先投向了索洛湾村周边的几个村庄，主动请缨，创造性地提出"强村带弱村，先富帮后富，同奔小康路"的工作思路。具体做来，柯小海采取的方法，在他们索洛湾村行之有效的一些工作策略上，做了针对性的改变，即"党支部＋合作社＋贫困户"，吸纳进了周边的官庄村、河浦村、崖头村等35家急需脱贫的农户，加入到合作社里来，结合农户居住地的自然条件以及他们力所能及的劳作，为每户免费提供十箱中蜂。农户只管看守蜂箱的安全，至于技术和蜂群的繁殖等专业性强的问题，都由合作社统一处理，而最后产出的蜂蜜，由合作社统一采收、销售。年终时分，合作社又统一清算，把全部的收益，分红给扶助的贫困户。

如今这些贫困户，仅养殖中蜂的年收益，都在15000元以上，基本脱了贫，致了富。

大院子村素有制作豆制品的传统，柯小海就为他们量身打造他们熟悉的豆制品生产产业。一百万元的投资，为他们大院子村建起了一座豆制品深加工厂，其中豆芽加工房 14 间，豆腐加工房 3 间，锅炉房 3 间，以及非生产性质的用房 10 间，面积达 1700 平方米。添置了锅炉、泡制瓦罐等大型豆制品机械，使大院子村一举成为远近闻名的豆腐村，为他们村进一步实现脱贫致富，打下了坚实的基础。

崖头庄村的贫困户伍玉平家，是双龙镇科技干部在分工包扶时，分配给柯小海的帮扶对象。柯小海在得知分工后，他没有隔夜，当即去了伍玉平家，进得门来，柯小海只是一眼，就让他心里发酸。他想象过贫困的伍家，但没有想到会是那么一个样子。伍玉平的六口之家，配偶腿脚残疾，孙女一岁，儿子、儿媳、女儿全都在家里的十亩山地里刨生活。

柯小海往他们家的土炕上一坐，就与他们拉起了家常，他听取了他们的需求，还听取了他们的向往，就和他们一起讨论，挖掘他们家庭成员的各自能力，给他们家制订了一个三年脱贫计划。

计划中养殖土鸡和鸭子各 200 只，放养中蜂 10 箱。为了帮他们实现这一目标，柯小海资助他们现金 3000 元，并把伍玉平的一个儿子安排到镇子上去工作。

伍玉平家的硬件也让柯小海非常闹心，他弄来水泥沙石，帮助他们家维修了房舍，硬化了院落，使他们家从里到外，焕然一新。如今伍玉平家已全面脱贫，进入巩固阶段。

再是崖头庄村的杨永福，他并不是柯小海分工帮扶的对象，但柯小海帮扶伍玉平，知道了他的情况，就主动走进他的家帮助他了。杨永福曾在外打工时腿部受伤，已经五年了。

五年来，杨永福的伤势是好了许多，但还是不能下地去干重体力的活了。他因此不得不闲在家里，坐吃山空，生活一度极端困难。柯小海与他谈心，知道他并不想拾人牙慧，还想凭着自己的劳动养活自己。柯小海非常欣赏他的立场，就特意安排他做了索洛湾村的清洁工，每月发给他 2000 元的工资，使他生活无忧，久违的笑容又回到了他的脸上。

我在索洛湾村见到了杨永福。他清洁着村容村貌，把索洛湾村打扫得亦如他微笑着的面容一般，焕发出索洛湾村人才有的那一种笑与安逸。

就在杨永福打扫得干干净净的索洛湾村街道上，我喜悦地转悠着，听见哪家人在家里播放一曲王二妮演唱的信天游。我仔细地听来，听出是一曲新编信天游《爱陕北》：

> 一方土一方水，养育了我祖辈；
> 山丹丹红艳艳，开得那样美。
> 信天游唱不完，黄土地情和爱；
> 东方红红满天，万里春风吹。
> ....
> 我用我的歌声唱陕北，
> 唱不够家乡的山和水。
> 宝塔放光辉，腰鼓敲得像春雷，
> 光芒万丈照陕北。

拔 河 诗 笺

◎ 高　凯

我又要去临潭了。

此去临潭，一路朝天，天路连着天路。

高原的最高处，不是高原上的峰巅，也不是峰巅上的白云，而是白云之上悬挂在天空里的一只苍鹰。

青藏高原和黄土高原相遇并相拥在一起，就成为雄奇、壮美而又深邃的青藏之门——临潭。

临潭是一块被文学长久眷顾的大地。甘肃省临潭县是中国作家协会的对口扶贫点，在三十年的时间里，中国作家协会党组书记、副主席钱小芊先后两次到临潭考察指导，思谋临潭脱贫致富的愿景；陈崎嵘、李敬泽、阎晶明、吴义勤、邱华栋等党组书记处成员也到临潭现场开展扶贫调研；邹静之、朱钢、张竞、陈涛等中国作家协会系统的作家和干部先后长时间深入临潭参与具体的扶贫工作。这次，我虽然只是来完成一个脱贫攻坚的创作任务，但也是一次精神的扶贫，起码我要从心灵深处感应一个贫困而又神奇的土地；而作为中国作家协会1万多名会员中的一分子，我希望通过他们扶贫的足迹，来踏勘20世纪90年代末以来临潭的扶贫进程和成果。

2019年10月22日中午，在我下榻的宾馆门口，中国作协挂职副县长王志祥，县扶贫办陈玉锴、文东海，此前已经联系我的藏族小伙全志杰等人以两条白哈达的藏族礼节迎接了我。一开始，我对几个汉族穿着的人以哈达迎接我还有点儿不适应，一想藏族同胞在临潭居住人数众多，而甘南又是藏族自治州，心里便释然了，赶紧躬下身子接受了哈达。我相信，一条洁白的哈达一定能把我与临潭连接起来。

在社会交往互相赠送的礼物中，我最心仪的就是藏民族的哈达。参加工作以来，因为常在藏乡行走，我珍藏了许多情义无限的哈达，如果连接起来兴许能从兰州铺到临潭呢。

就这样，2019年初冬，两条像白围巾一样的白哈达在临潭温暖了我。

从字面上看，临潭就是临近潭水之意。其实不然，在安多语里，临潭谓之"哇寨"，意为游牧部落居住过的遗址。不过，临潭确实是有一个潭的。在当地的传说中，临潭老县城新城镇曾经有过一潭古老的泉水，但今天的临潭人谁也说不清楚它究竟藏在哪里，一眼深深的潭水滋养了一方土地之后似乎悄悄地消失了。抑或，那个潭就是被祖祖辈辈的临潭人汲取枯竭了呢？

临潭现在的潭，只存在于它的名字之中，在实地虽无迹可寻，但其历史渊源却深不可测，犹如龙潭虎穴。在临潭老县城新城镇，因民族光复、缅怀先烈而形成的古洮州十八位"龙神"集会"洮州卫城"的端午节迎神赛会的传统民俗，迄今已经有600多年的历史。时光之书告诉我们，临潭是一个有文化积淀的地方，仰韶文化、齐家文化、马家窑文化和辛店文化在境内都有大量的遗存，古老而神秘。

到临潭的第一天，县扶贫办青年干部全志杰在送我几本临潭典籍的同时，还送了我一张1∶280000的临潭县地图。小全无疑是希望我及早全览临潭全景，以便在采访扶贫时有全局意识。当然我也希望把临潭的脱贫攻坚放在全省的脱贫攻坚背景之下来观察和思考。

这是一幅能引起人长久凝视的地图。我从中发现，临潭的历史镜像清晰地呈现在其中，历史形成的临潭行政区划，犹如一张被干戈撕碎的战书，支离破碎地散落在眼前——周边曲曲折折、拐弯抹角不说，全境几乎被卓尼县包裹的临潭，境内竟然有多处全封闭或半封闭的卓尼土地，而被临潭隔断的卓尼境内，又有两处全封闭的临潭土地。有意思的是，在双方之间，被对方全封闭的土地被称作"飞地"，即飞出去落在别人境内的土地。这种"插花接壤"，真可谓"我中有你，你中有我"。这一种情况，作为甘肃人，我前所未闻。

这都是旧时割据分裂的结果。临潭当地人马廷义编的《临潭史话》是一部临潭简史。从中不难看出，重为"青藏之门"的临潭，因为地处"西控番戎，东蔽湟陇，南接生番，北抵石岭"之要冲，朝朝代代，异族入侵，兵家掠夺，纷飞的战火连绵不绝。其中，既有激烈的边关拉锯，又有频繁的部落纠葛；既有混乱的兵伐纷争，也有残酷的官府挞伐。总而言之，和其他民族地区一样，封建社会时，庙堂每有动荡，临潭周边必有祸殃。

涛走云飞，干戈不再，俱往矣。新中国成立以来，民族团结，和谐稳定，那是因为有一个强大的祖国在支撑。这份福祉，无疑是临潭的回族、藏族和汉族等同胞几辈人的梦想。

那么，今天的临潭究竟穷成了一个什么样子呢，许多临潭人的生活水平怎么就处于平均每人每天不足一美元生活费这一联合国贫困标准之下？

我们今天的贫困，也是一种寒冷，但这种寒冷不是季节性的，而是历史原因形成的。临潭的贫困，乃是"冰冻三尺，非一日之寒"呀。因为历史欠账太多，民族的和谐并没有抵消彼此的贫困。不仅仅是临潭县，甘南藏族自治州各县都有不同程度的贫困滋生，只是其中临潭尤甚而已。今天的临潭人突然发现，在改革开放四十年的小康路上，后二十年临潭县越来越穷了，成了一个国家级扶贫开发县。一些在临潭扶贫的人，当然也包括我在内，甚至认为在甘肃大地上，号称"苦瘠甲天下"的地方，不仅仅是定西，还应该加上临潭。

那么，临潭究竟是怎么变穷的？就此，我一到临潭就问了一些临潭人，除了山大沟深、交通不便等自然因素之外，大概有以下几个说法：一曰，高速公路飞速而去，昔日茶马古道的繁荣被遗落在时代的路边，历史性的贫困根深蒂固；二曰，改革开放四十年的中后期，保守的临潭人停步不前了，错过了国家发展的黄金期，由人口增长而衍生的新生贫困得以借势蔓延；三曰，土地贫瘠，靠天吃饭，许多人外出谋生，撂荒家园。

一切都得从一个具有六百年历史的群众性拔河说起。

2007年正月期间，临潭县举行了一次15万人的拔河比赛，从而创下吉尼斯世界纪录，国家体育总局、中国拔河协会因此而授予临潭县"全国拔河之乡"称号。但是，也就是在这一年，临潭的拔河比赛戛然而止，使"全国拔河之乡"名存实亡。

历史悠久的临潭拔河不仅仅是拔河。明洪武年间，经过连绵的战争，边疆稳定，原来用于强身健体的拔河活动自然就成了民族之间增进感情、连接友谊的纽带。到了今天，由一个农民文化宫民间团体组织的多民族群众性拔河，体现了一个"拧成一股绳"的团结理念，在一个民族地区无疑有着凝聚人心的积极作用。而且，人们期望通过拔河来增强生活的信心，祈盼来年幸福安康。

临潭的拔河很有声势。在六百年的历史长河中，每逢正月十四、十五和十六，临潭县境内境外的各民族群众，不论路途远近，男男女女，老老少少，都要汇聚于县城拔河或看拔河。这时的临潭，从早到晚，城外的道路上车水马龙，城内大大小小的街巷里人山人海，里里外外热闹非凡。

听不少临潭人说，在三天拔河的日子里，每天晚饭之后，农民文化宫的乡贤们就吆喝青壮男人抬着两捆粗绳子，早早来到西门十字街，疏通场地，划定河界，分出上街、下街两个区块。接下来，大家将两根粗绳子分别折成双股，使其前端形成一个环状的龙头，然后又呼出八个青壮年，将一个大青稞似的大杠子砸入两个龙首相会的绳套之中，让其不偏不倚地对准那条划定的河界。组织者做这些准备工作的时候，拔河的人和"打酱油"的人就已经接踵而来，将长长的街道围得水泄不通。等到两边拔河的人旗鼓相当之后，为首的一个乡贤一声令下，上下两片指挥的人立即齐声吹响哨子，上街和下街拔河的人一听见哨子，马上就撅起屁股嗨嗨嗨地喊着并拔了起来，而两边看热闹的人则"加油加油"之声此起彼伏，撼天动地。在整个过程中，最让人钦佩的是四个或吹哨或挥旗的指挥者，如果场地被挤占了去，没有立足之地，这几个指挥的人就会跳上去站在绳子上呢，那个威风、神气的样子真是让人羡慕不已。

　　全场比赛只拔"三绳"（即三局），赢二绳者为胜。一开始，因为拔河都在晚上，姑娘媳妇都上阵呢，后来放到了白天，害羞的姑娘媳妇就不上阵了，只剩下青壮年男人；而且，又因为不在乎输赢，两边的人数也不一定相等，以绳子上爬满人为准，如果哪边人多了，也不只是人拔绳，而且是人拔人了。甚至也不分彼此，一些人给这边拔赢了又去给那边拔，以至于最后没有真正的个人输赢，只有两边阵营的胜负。拔河虽然是多民族参与，但能聚到一起，当然都是一家人。龙头交会的区域，是最激动人心的地方，看热闹的人都想挤进去，但如果不是有名望的人，或者没有一番本领的，想都不要去想。让人热血沸腾的时刻，当然是决出胜负的那一刻，拔河的人和围观的群众顷刻融成一片，大家一起争相把又粗又长的绳子举上头顶，欢呼雀跃，而那一根粗壮的绳子就像一条巨龙在人海中翻腾而出。这个时候，那个挥旗的人，将一面国旗高高扬起，令人心潮澎湃。这个壮观的场面，还上过中央电视台呢。临潭的拔河，我都是听临潭人说的，或者以前在电视上看的，我一直期待着到临潭的拔河现场去看一看。

　　在临潭，群众把拔河叫"扯绳"。扯绳所用的绳子，最初是麻绳，因为不结实经常拔断，后来就换成了钢丝绳，由短到长，由细到粗，因时因人而定。如果绳子太细，还要缠几圈草绳，那就不是用手握，而是要抱着。不拔河的时候，那根绳子就像图腾一样被农民文化宫的乡贤们守护着，尤其是钢丝绳，害怕搁置起来生锈，每次收起时都要给上面涂一层清油或煤油，这样第二年取出来拔河时，人们就会看见钢丝绳浑身被拔出油的情景。临潭人都清楚地记得，最后一次扯绳是一根长约2000米、比碗口还粗的钢丝绳。

团结的力量是无穷的，钢丝绳也不一定结实，也有被拔断的时候。

在临潭，正月里不拔河就等于没有过年。不是夸张，为了一根绳，为了一年一度的一次拔河，临潭人怨声载道。采访途中，我听到这样一种具有代表性的呼声：对于领导们的顾虑，从历史的角度考虑是可以理解的，但从临潭人的地域感情上来说我们不能接受。他们强烈地希望这个活动，这份临潭人的执着与坚守，这份洮州儿女的乡愁与念想能够传承下去。

临潭的拔河不是脱贫攻坚，但却与脱贫休戚相关。在临潭，2013 年以来实施的精准扶贫，帮扶的虽然是群众的生产和生活，但归根结底扶持的却是人的精神。而且，扶贫暂时凭借的是政策和财力，最终还是要依靠群众的精神力量。拔河虽然只是一个体育比赛，但临潭多民族的拔河，却是一个多民族的精神之源，犹如临潭那个不知所在的潭。文化是一个民族的灵魂，一根拔河的绳子乃临潭人魂之所系呀。

开始在乡村采访不久，不止一个人告诉我，前一段时间，新来的县委、县政府主要领导一直在各乡镇马不停蹄地跑着呢，连周末也不休息。那么就让我们拭目以待，看他们是否能交出一份让临潭老百姓满意的答卷。起码，要把临潭的群众性拔河恢复起来，让"全国拔河之乡"名副其实，让临潭人重拾自己的精神和信心。

今年全甘南藏族自治州未脱贫的人口为 2.1 万人，而临潭就占了一半，他们必须奋起直追马不停蹄，而考验他们的是比组织一次拔河艰难许多的综合能力。

当然，临潭还没有到山穷水尽的地步，里里外外的扶贫干部严阵以待，上上下下已经进入倒计时。距离 2020 年的那个既定目标不远了，临潭必须进行最后的冲刺，才不会落在别人的后面。临潭人也知道，像拔河一样，不到最后时刻，攥在手中的绳子绝不能放松。

关于临潭的脱贫攻坚书写，我可能要从中断了十年的拔河开始。在临潭的第三天凌晨，我写出了长诗《在临潭我就想撸起袖子拔河》，节选如下：

临潭而居
拔河之乡没有绳了
拔河之乡只剩下
一条洮河
十年未续

在临潭
我就想撸起袖子拔河
我是来扶贫的
我要和临潭的汉民
和临潭的回民和临潭的藏民
重新拧成一股绳
与贫困拔河
拔出穷根

拔河的绳子
是结绳记事的绳子
是牛缰绳的绳子

是马缰绳的绳子
是羊缰绳的绳子
…………

能来到临潭
我就不是一个外人
从地图上看
有人曾经把我的临潭
撕成几块碎片
有两块飞地
飞出很远
好在一根绳子
后来把几个兄弟的心系住了
彼此之间多么和谐呀
…………

临潭的人
一直是很厉害的
临潭的潭也是很深的
那个拔河比赛的吉尼斯世界纪录
必须由临潭人自己改写
临潭绝对不能
输给临潭

其实

> 我只是来加油的
> 但在临潭我就想撸起袖子拔河
> 我要和全县扶贫干部一起
> 与贫困决一胜负
> 把那些人从彼岸拉到此岸
> 一股劲撼天动地
> 力拔山兮

没有想到，这首关于拔河的诗成了我在临潭所到之处不用自己出示的一张名片。那天一大早，我刚一把诗发到县扶贫办专门为我建的"临潭扶贫报告文学"群，似乎瞬间就被群里的临潭人转发了出去。一会儿，身在兰州的临潭籍《中国青年报》记者马富春就转发给了我，说是临潭人已经在疯转。而在接下来的采访中，我每到一处，都有人兴奋地主动说起这首诗。对此，我当然很高兴了，而且不是一般的高兴。

我无意宣传自己的诗，关于扶贫的文学采访，也是文学的扶贫，起码是加油鼓劲。为了让更多的人看到或听到这首诗，我又拜托两位尚未谋面的朗诵家——云南罗兰女士和杭州洪水根先生，分别朗诵并录制成节目在自媒体发出。自媒体广泛传播之后，《人民日报·海外版》副刊也发表了原作。随后，梁鸿鹰又安排《文艺报》微播报推出了老洪的朗诵版。而我在朋友圈推送这首诗时，按语都是一句"继续在临潭拔河"。

扶贫干部是脱贫攻坚的主力军。在王旗镇，我的拔河诗无意中让我祭奠了一个扶贫干部的亡灵。11月1日大清早，我们一行在大沟门村大沟湾社路边等候驻村干部时，为了打发时间，看周围无人，我又打开手机放出老洪的诗朗诵给自己听。但因为天气太冷冻手，我将手机竖着立在墙壁上一个小康村建设项目宣传牌框底的木沿上，一边听我的诗一边看宣传牌上的内容。这时，旁边的县扶贫办副主任李生玉凑过来，指着宣传牌上项目分管领导李聚鸿的名字说，这位是原来的副镇长，人已经走了，得的是癌症。因为工作出色，去年省里给评了一个先进，他本人生前还不知道呢。老洪的朗诵是悲怆的，李生玉介绍的情况也是悲怆的，两者突然交织在一起，老洪的朗诵像一个背景陪衬，将李聚鸿可能停留过无数次的小山村、街道也渲染得悲怆。听完老洪的朗诵，我的心里宽慰了许多。我和老洪无意之中以诗和诗朗诵告慰了一个亡灵。

我的拔河诗追赶上已逝的李聚鸿让我感慨不已：人世间美好的事情怎么总是这样微妙呢，我的无意之举是否因为在冥冥之中感知到了一个灵魂的存在？

在历史上，今天的王旗镇曾经被称作铁城。北宋熙宁年间，因为在边陲防御上发挥了重要作用，现在王旗镇的中寨村、梨园村、磨沟村和王旗村被当时称为"铁城四寨"。四个小山村，曾经很刚强，现在也很美丽，但其中的生活却很残酷，因为今天的王旗镇是全省四十个深度贫困乡镇之一。

"我在县城开会时就看到你的拔河诗了！"这是王旗镇书记敏振西返回镇政府与我见面后的第一句话。也许是吃午饭前一个驻村干部又放了老洪的诗朗诵的缘故，当大家从我的诗说到李聚鸿时，敏振西突然当众泣不成声，一个大男人的哭相，令在场的所有人为之动容。在午饭后的采访中，说着说着，敏振西再次泪流满面。

只有37岁的李聚鸿是一个让人悲伤不已的乡镇干部。平时，在大家眼里，李聚鸿应该是一个很健康的人，长得高高大大的，一直还坚持锻炼身体。但是，有一天他突然对敏振西说，这段时间感到自己很困乏。敏振西一听，立即让他放下工作去查病，而李聚鸿却说，扶贫任务重，走不开呀。这样，直到女儿扁桃体发炎，李聚鸿才趁带女儿去县医院看病的机会，顺便给自己检查了一下身体。不查不知道，一查吓了他一大跳，居然是胃癌晚期，生命已经垂危。但是，李聚鸿很淡定，自己打电话告诉敏振西结果。这下再不能推了，扶贫工作再重要，也没有扶贫干部的命重要。在敏振西和大伙儿的再三催促下，李聚鸿才放下工作去北京治病。不用问，为时已晚了，当初的诊断结果仿佛就是病危通知书。就这样，回家化疗8个月之后，李聚鸿就寂然地殁在家中。

李聚鸿的直接死因是胃癌，但谁都知道，劳累、压力大却是其直接诱因。敏振西清楚地记得，2018年腊月二十九，李聚鸿回到新城镇家里说的第一句话也是最后一句话："终于到家了！"

敏振西说，李聚鸿当初一直不愿意去北京治病就是因为家里没有钱。李聚鸿治病期间所花的钱，除了李聚鸿自己借的8万元，其他都是各方筹措的。其中，水滴筹27万元，甘肃省交通运输厅3万元，王旗镇政府1万元，镇政府职工捐献2万元，临潭爱心协会1万元，临潭县红十字会1万元。而在李聚鸿去世后，其60多岁的父母对敏振西说，儿子去北京治病前借的8万元，其中未还的5万元，她这把年纪可能不上了。

后来，据李聚鸿的妻子秦文娟对我说，丈夫去世后，十几万元的房贷也都压在了她的肩上。

我离开王旗镇以后，敏振西还发短信感谢我："您写的那首诗，为我们加了油，鼓了劲。"对此，我很羞愧，但是作为一个诗人，我又很幸福，而且不是一般的幸福；我当然也很自豪，而且不是一般的自豪，原来我的诗歌也是能派上用场的。

李聚鸿之死当然是扶贫之痛。我的拔河诗能够路遇已故的李聚鸿，说明我可能抓住了那根被临潭人扯断的拔河绳子——临潭之痛。

我只是希望读者通过我的这首拔河诗走进窘迫的临潭。

从"三茅"到厕所

◎秦　岭

拉了一堆屎，惹了一窝蛆。我瘪了，蛆胀了，穷媳妇把蛆养大了。

——甘肃民谚

小厕所，大民生；早改厕，美乡村。

——定西市"厕所革命"宣传用语

茅子、茅房和茅坑

茅坑，中国乡村最特殊、最大众、最绕不开的名词之一。

它仿佛是一个天生就带有味道的词，啥味道？你懂得，咱都别装。

就茅坑的功能而言，其特殊性只有唯一，没有之一。"一窝土坑两块砖，三尺土墙围四边。"这是人们印象中茅坑的大致模样。但阴屲社的村民方文军老人却说："那是他们没见过咱元古堆的茅子。"

　　幽默的元古堆人聊起过去的穷，句句不离俚语和民谚。"三排玉米秆，围个烂环环。躬三躬，挪三挪，喘三喘。拉完屎圈圈，铲成一坐山。"也就是说，有些农户家是没有茅坑的，只是用扎绑后的柳枝或玉米秆儿围城一个弧形，预留进出口。在里面的空地大小便时，要不断挪蹲位，避免脚踩屎尿。完事后用铁锹把屎尿铲掉，堆于院角。如果谁家院角灰灰菜、野黄蒿、猫儿草长得旺盛，恰好你也肚子不饶人，不用出声，径直前往即可痛快一场。

　　我问："为什么不挖个茅坑呢？"对方答："茅坑一年屎，一屎掏三遍。累倒驮粪驴，熏死淘粪汉。"我这才明白，不少"空巢"村民因为身体、年龄、劳动力所限，连个坑也挖不起，即便挖了，也"拉"不起。

　　也有一些茅房是有"坑"的，段子云："土坑三尺深，茅草当顶棚。乌鸦笑我屁股白，我笑乌鸦一身黑。""进茅坑，千不想，不想再喝黄米汤；出茅坑，万不想，不想后梁约姑娘。""掉进茅坑半年臭，不转丈人不转舅。"

　　在元古堆，"出恭"之处谓之"三茅"：茅子、茅坑、茅房。

　　其中茅房一词因为有了一个"房"字，听起来好像多了一分难得的雅致和温馨，其实此房非彼房，一般都是"墙头苫上葵花杆子，崖畔他哥干瞪眼子"，意思是避免被崖畔上过路的"他哥"偷看了你的白屁脸（方言，指白屁股）。

　　另外，茅子、茅坑、茅房三个概念既有内涵上的交叉关系，也有相对独立的属性。无论有坑无坑、有房无房，都可以统称为茅子。有坑无房，就不能叫茅房，有房无坑，就不能叫茅坑。无坑无房，就只能叫茅子。

用小学生的话说，茅子就是三者的最大公约数，谁要进"三茅"，那便是"三毛（茅）流浪记"。

"脏、乱、差、臭"曾经一度是元古堆的灰色"标识"，元古堆当年的脏和臭，莫过于茅子。

很多农户的茅坑往往和猪圈毗邻，猪圈墙根处有一斜槽直通茅坑，猪的屎尿会直接排进坑里。也有不少农户的猪圈则直接在茅房里。"茅坑拉屎脸朝外"。可脸一朝外，就和猪面对面，眼对眼。"人'哼哼'，猪'哼哼'，大家一齐'哼'。人'啪啪'，猪'啪啪'，大家一齐'啪'。"土城门社的村民王国俊说，有时候，猪也会发昏，早些年，常常听说谁谁谁家的媳妇和娃子，被猪一嘴拱进茅坑里。有一家人的娃子被猪拱进坑里，一身的屎尿，却吓得不敢爬上来，因为猪趾高气扬地霸在茅坑边，眼睛瞪着娃，好像娃侵占了老猪家的地盘。

话题涉及茅子的臭，无一不含贬义，无一不在喟叹。

当然，茅子也有茅子的好。"一坑屎尿三亩田"。每年春耕备耕时，元古堆的山梁梁上、沟垴垴里、坡湾湾处，到处都是驮粪的、背粪的、担粪的男女老少和驴子骡子。驮铃叮当响，爬坡如登天。走一走，喘一喘，歇一歇，汗水像水蒸气一样在空气中形成一层白雾，有男人女人的，有驴子骡子的。

那蛆，那尿盆，那狗舔屎厄厄

那天，我们在村委会办公室围炉夜话的主题，是厕所往事。

梁上社的村民董正录抢先对我讲，他们这一代人年轻时，茅坑就是日子里的伤心处。一到夏天，满坑的屎尿里都是白花花的蛆虫，成串串、成疙瘩、成片片。你刚刚蹲下，蛆虫就顺着脚面往裤子里钻，凉丝丝的痒。立冬以后，滴水成冰，每解完手，屎尿就像一个拔地而起的尖棒槌，像是展示着冲天的臭怨气。下次摸黑解手前，一定要把"棒槌"砸掉，要是不砸掉，弄不好就会戳屁股眼儿，又凉又疼，还不好给人张口。

　　茅坑边上往往堆放着疙瘩土，主要是为了垫茅坑。其实疙瘩土还有一个大用场，那就是用来擦屁股。

　　就是这宝贝一样的土疙瘩，也不是天天有。元古堆高寒阴湿，沙土比黄土多。在没土疙瘩的日子里，一些人就"蹭棱棱"，啥叫"蹭棱棱"？解完手，撅起屁股，背对着土墙棱子、铁锨把子，上下一蹭两蹭，提起裤子走人。天长日久，土墙棱子、铁锨把子上会板结厚厚一层又干又脆的"屎煎饼"，铲掉，再蹭；再蹭，再铲……有些小娃娃甚至很少擦屁股，拉完了，提裤子，小手勾到屁股后边，隔裤子剜一剜，捂一捂，也算完活儿。当妈妈的给娃娃洗裤子，往往一屋子的臭。

　　"白天蹲茅坑，夜晚蹾尿盆。"20世纪90年代以前，不少农户家没有院墙，那时候林子里的狼、野猪、狐狸时不时会蹿进村里来。每到夜晚——特别是冬夜，屋外寒风凛冽，黑灯瞎火，谁敢去茅坑？于是，尿盆就是屋内必不可少的"家当"。在一些地方，尿盆也叫尿壶，或者，夜壶。王国俊说："夜壶听起来好像体面了许多，可它就是装屎尿的，取这名字，给谁体面哩？啥夜壶嘛，又不是夜里喝酒的金壶银壶。喝酒用嘴，谁见过用屁眼的。"

　　有这样一首童谣："庄稼人，第一勤，不是割麦搓麻绳；第一勤，它是啥？早上起来倒尿盆。"

不能不勤，如果倒不及尿盆，有客驾到，双方都伤面子。

"唉，说起这个，咱这的故事多着呢。"董正录老人叹口气。

他给了讲了一段往事，说是先头——大概20世纪80年代以前吧，小娃娃一般都是直接在炕上拉屎。那时候村里狗多，村民习惯让狗舔娃的屁屁。咋舔？娃儿拉屎了，当妈的朝门外喊："狗儿——吃屁屁来——"便有大黄狗从院外蹿进来，一跃上炕。娃儿早已自觉撅起小屁股，任黄狗把屁股沟舔得干干净净。舔完屁股，黄狗再把炕上的屁屁连吃带舔，这才尾巴一摇，心满意足地跃出门外，一副酒足饭饱的样子。

有一年，一个小媳妇的娃儿拉了屁屁，和往常一样，媳妇把狗也喊来了，狗舔完娃的屁股，突然一勾脑袋，一口就把娃儿裆里的小蛋蛋撕扯了下来……媳妇还没反应过来，满嘴是血的狗早已不见了踪影……

"唉，都是拉屎害的。"王德吉老人说。

"厕所革命"

"改厕，咱元古堆一下就那个……那个啥？对！卫生了。"村民马儿子说。

马儿子一家全部是文盲。父母当年非常渴望生个儿子，儿子生下后，就干脆取名儿子。不幸的是，马儿子先天智残，口齿不清。母亲去世后，父亲既要务农养家糊口，又要照顾马儿子，日子几乎到了崩溃的边缘。恰好村里有一位叫赵兰英的妇女与丈夫常年感情不和，后来便成了他的第二个妻子。不久，父亲带着万般的不甘与无奈撒手人寰，家里只剩马儿子和继母两个人。

也许是缘，也许是同病相怜。年过半百、至今未婚的马儿子和继母相依为命，从没吵过一次架。我是下午去的马儿子家，发现赵兰英早已烙好了馍，两个碟子紧紧地对扣在一起，显然是为了给热菜保温。我问："咋还没吃哩？"

"我等儿子哩。"她一边说，一边朝门口张望。

一句话，让人好不辛酸。

过去，全村不论老小都这样朝马儿子打招呼："儿子哎——"口气有真、有假、有戏谑，或多或少还有点儿争辈分穷解馋的意思。如今日子不穷了，老老少少见了马儿子，叫成了"老马"。

卫生——在元古堆其实是一个久违了的名词，这两个字从马儿子嘴里说出来，更显得意味深长。经济和自然条件的限制往往是和生活习惯、思想观念"孪生"的。由"茅坑问题"带来的一系列连锁反应，容易让我们想到环境污染、生理疾病，而粪便中的寄生虫卵、病毒、细菌在施肥过程中对土壤、农作物、饮用水、食物造成的污染，可想而知有多严重。

2019年7月，元古堆的"改厕"攻坚战全面打响了。这是元古堆继2018年实现整体脱贫摘帽之后的又一场攻坚战，也是攻坚扶贫的纵深延伸和品质提升。这场战役可谓"短平快"，只用了5个月的时间，就宣告凯旋。

茅坑变厕所，谈何容易。"改厕"之初，很多元古堆人不敢相信自己的耳朵，家家户户奔走相告，更多的却是质疑和诘问。

"啥？你说个啥？咱元古堆的茅坑要变成厕所？"

"是城里人的那种厕所？"

…………

也有坚决反对的，而且持反对意见的农户还不少。

"我听'风水先生'说了，动茅坑要看黄道吉日哩。"

"不行，我家还是要用茅坑，坚决不用厕所。茅坑变厕所，我惜疼那一坑好粪，我要靠粪务庄稼哩。"

"厕所要用水，屎尿用水冲太浪费。"

"我茅坑里还有猪圈，茅坑改成厕所，我家的猪咋办？"

"上厕所要用手纸，可手纸太贵了，不如土疙瘩、旧报纸来得实在。"

…………

说一千道一万，一些农户舍不得那"一泡粪"。

实际上，脱贫摘帽之后的元古堆，早已成立了5家农民专业合作社，其中养殖业2家，种植业3家，特别是通过大力发展以中药材当归、党参、黄芪为主的种植业，多数农户家的土地得到合理流转。也就是说，除了部分农户仍然保留着承包地，大多数流转后的土地已进入公司化运营。另外，"改厕"不仅不是"一刀切"，而且也照顾到了部分农户的积肥需求，更何况"改厕"有财政补贴资金，可一些人就是走不出传统思维和生活惯性。

不少备受疾病之苦的农户很快在等待观望中转过弯来，工程队趁热打铁，及时跟进。"改厕"每成功一处，就像"样板间"一样向全体村民进行展示。

"样板间"就是示范带动、典型引路；"样板间"就得有"样板间"的样子：有墙、有顶、有门，室内清洁、无蝇蛆、基本无臭味，便器无粪迹、尿迹，贮粪池不渗、不漏、密闭有盖，粪便按照规定清出并进行无害化处理……

跟进在继续，进展在继续：一户、两户、三户……十户、一百户、三百户……

"天爷爷哟！我第一次在家里用厕所，都不敢相信这是真的。"王德吉对我说，"那滋味儿，太新鲜了，一辈子头一遭，想来想去，还是进城时上过，在城里的餐馆里上过。"

对着我感慨的不只王德吉，有些元古堆人的感受更具体。

"我家厕所是水冲式，解完手，一开水龙头，总是忘了这是厕所，因为平时拧水龙头，是在厨房里。"

"苍蝇没了，白蛆没了，臭味没了，蛛网没了。啧啧，说一千道一万，是厕所有了，茅坑没了。"

"那光亮的坐便器，我坐了几遍，才坐稳当，真舍不得坐。"

…………

我走访一家农家乐时，发现这里的厕所比村口公厕的"厕所艺术"还要丰富有趣。门口的提示牌上写着：不用着急，您慢些走！

男女分隔。进入男厕所，墙上也有提示牌，上书：爱站爱坐，随你的便。

女厕所那边有什么提示，我就不知道了，这真是件无奈的事情。有人说那边的提示有"一得两便""女子有才便是德""有话便长，无话便短"什么的，我无法求证，只好罢了。

某社有一位村民坚决不"改厕"，包村干部和技术人员多次登门，专门为他播放有关宣传片，反复讲解粪便中的寄生虫卵、病毒、细菌与身体健康的关系，工程队也随时待命。最终，他不好意思地笑了："说来说去，就屁眼门的那点儿事儿，我还真背不起那个'一家臭全村'的名声。"

我这才知道，前些日子他家还未"改厕"时，前来元古堆写生的画家、收购中药材的外地客商一进院子，随便看一看、聊一聊就走，他当时并没意识到，客人们到元古堆后，已经不习惯上茅坑，而是选择了邻居家的厕所，或村口的公厕。

我从他家厕所出来，他笑着说："我家 WC 咋样？"

"哈哈哈哈……"我乐了，"不错不错，像个 WC。"

在村口，我听到一个段子，实际上是新老段子的对接。说是早先元古堆人相互见面，第一句就是："你吃了吗？"

"吃了。"对方回答。

最近又冒出一个新段子，相互见面，第一句是："你上了吗？"

"上了。"

然后四目相对，"哈哈"一笑。

一位村民故意考我："秦岭老师，你猜猜，'上了'是啥意思？"

我故意卖关子："太难猜了！我刚吃完饭，估计至少 5 个小时以后才能提供标准答案。"

"为啥？"

"那时，我就该上了。"

他发现上了当，怼我一句："5 小时，您够能忍的，那是气候不饶人啊。"

"气候？"我反而蒙了。

"干燥。"

这次，轮到我上当了。

微笑的日子

◎侯健飞

一

当地驻军空军某部，是20多年前就进驻宁夏的部队。闽宁吊庄移民的历史，也是拥军爱民的历史。

2019年10月初，为了实地了解驻军帮扶当地百姓如何种植甜瓜瓜，如何一对一帮扶建档立卡贫困户，我和县扶贫中心的段晶老师召集园艺村10个村民开座谈会。

那天来开会的，除了一个身体残疾的中年男士，其他都是女性。丁秀丹那天怀里抱着一岁多的小儿子，手里牵着五六岁的大儿子。

她是座谈中最年轻的母亲，眉清目秀，皮肤红润，特别是她满脸的笑容让人怀疑，这是一个特殊困难家庭的主妇吗？

村干部告诉我，丁秀丹的丈夫患有精神疾病。早几年家庭困难，是政府重点帮扶的对象。座谈会开了两三个小时，村民七嘴八舌地介绍部队如何帮助种、收、卖甜瓜瓜，唯独丁秀丹说话不多。

她一直笑着听邻居说，为了证实邻居所说不虚，她频频向我点头表示，解放军好着呢！解放军帮了村民大忙了。

那天我很想去丁秀丹家看看她丈夫，可惜时间来不及。离开园艺村时，段晶说，丁秀丹家的情况，扶贫中心都掌握，可惜一直没有见过丁秀丹的丈夫，因为丁秀丹说，丈夫过于敏感，弄不好怕再受刺激。我说，那就等下次来，一定想办法见一见。

二

2020年6月2日下午一点多，段晶亲自开车拉我到园艺村丁秀丹家。丁秀丹之前在电话里告诉段晶，已经做通丈夫工作，到了直接打听园艺村8组88号刘军家就行。我们一路打听刘军家，丁秀丹早已等候在胡同口。

第一眼看见到丁秀丹，和去年没有两样，只是今天有所准备，换了一件大红色立领衬衫，领口下点缀着几颗白色人造珍珠，这给丁秀丹增加了几分时尚。从相见那一刻，丁秀丹仍是一张笑脸。

三间瓦房，院落不大，水泥地面。走进东屋客厅，整洁明亮。屋里沙发上，只有丁秀丹的大儿子在看电视，不见她丈夫刘军。

我问，刘军不在家吗？

丁秀丹说在，因为是中午，丈夫在西屋哄小儿子睡觉。因为刚吃过药，可能睡着了。

因为这次来主要想见一下刘军，所以，在段晶与丁秀丹说话间，我独自出来，轻轻推开西屋门。

西屋一张大床上，刘军侧身睡着，他一只手搭在小儿子大腿上，这爷儿俩睡得很香。

我在门口犹豫了一下，心想，如果不唤醒刘军，这一次又会是遗憾。于是我故意咳嗽两声。果然，刘军醒了，当他看见我时，迅速起来，他揉揉眼睛，向我微笑一下，随后轻手轻脚下床，和我一起退到门外——这微笑和怕惊醒孩子的举动，难道是精神有问题的病人的样子吗？

刘军中等身材，一件蓝白相间T恤，黑色短裤，趿着一双拖鞋。他第一句话就称我老师，这与其他村民不同，重要的是他的微笑与妻子丁秀丹很像，但他笑起来比妻子多了几分羞涩，还比妻子多俩酒窝。

刘军和我一同走进东屋，坐在沙发上的段晶好奇地打量着刘军。我当然知道此时她心里想什么。刘军向段晶礼貌地打招呼，也称她为老师，说对不起，本来是哄孩子睡午觉的，自己却睡着了。说着，刘军扫了一眼茶几上刚刚切好的一盘西瓜、一盘葵花子和一盘麻花馓子——不大的茶几几乎被摆满了。他先递给段晶一块西瓜，又递给我一块，但我和段晶还没有心思吃瓜，接过后又都放下了。刘军见状，热情地说："吃吧，是新买的，很干净，你们是不喜欢吃西瓜吗？"说着，从厨房里又拿出一个瓜，利索地切好放到另一个瓷盘里。刘军把两盘水果尽可能地推到我和段晶面前，然后拉过一只小板凳在我们对面坐下来。

坐下来的刘军显出几分拘谨。他的眼睛一直在两盘水果和一盘葵花子上徘徊。见我们不吃，刘军站起来，从旁边的橱柜里拿出一把筒柱形瓷茶壶和两个配套茶杯，走进厨房哗啦哗啦地洗好杯子，沏了一壶有几颗枣子的茶。两三分钟后，一股特殊的茶香在阳光透射的屋子里弥漫开来。这时刘军又从厨房端出一个罐子，用汤匙挖出两匙红糖放入茶水里，顿时，茶香中多了一丝丝甜味儿。

　　这把茶壶我在几户农家都见过，是宁夏回族自治区成立60周年的特制壶，按传统治壶工艺说，是描金青绿山水纹玉壶春形壶，器形美观，胎土细腻洁白。茶壶底部环印青绿山水，中部印贺兰山和黄河组合图形，图形下方黑体金字：1958—2018宁夏回族自治区成立60周年；另一侧中部印黑体金字：中央代表团赠，二〇一八年。这把壶不论是造型、图案，还是胎土、制作，都很讲究。我没有问这把壶如何得来，但我知道，最尊贵的客人才能使用这样的壶，喝这样的茶。

　　刘军告诉我们，这是他家的自制的八宝茶，也是宁夏南部山区传统饮品。

　　"放心喝吧，很干净，这是消暑茶。"至此，不多的几句话，暴露了他肚子里的墨水。他的神情和举动都透着无可比拟的真诚。在刘军忙活的这几分钟里，妻子丁秀丹一直坐在沙发上不说话，微笑着看刘军表达主人的热情。

　　这一切，没有让我感觉到丝毫贫穷和悲苦，但是，几年前，他们家还是典型的疾病致贫的家庭。

三

　　刘军还在少年时就被诊断出精神病三级，长期服药。他家虽然和全村一起摘掉了贫困的帽子，但政府的实际帮扶行动并没有停止。

　　我和段晶连连夸赞好茶。刘军放松下来。我说："去年段老师和我就想来看看你，因为时间赶不开，就没有来。这次直接打听着来,问邻村人,都说不认识丁秀丹,一问刘军家,知道的人很多。"

刘军听了这话,微笑着看了一眼旁边的妻子,一句话把大家都说乐了。他说:"没人知道她,因为她没病,我有精神病,所以出了名。"

我说:"我看你根本不像有病啊,比我还健康。"听了这话,刘军随手从茶几下面拿出一个塑料袋,这是他每天服用的药。我拿过来看了一下,都是治疗精神疾病的,有西药,也有中药。

刘军认真地说,他每天都会服用这几种药,一样也不能少。我问他这些药需要多少钱,刘军说,每月吃药需要花1000多块钱。

"这些都是免费的,如果不是政府给负担了,这日子就不好过了。"刘军双手交叉在左膝上,下意识地抬一下左腿说。丁秀丹微笑着听丈夫说。

刘军说,他初中毕业,18岁时去新疆姑姑家,在一个饭馆后厨做工,每天凌晨三点起床,一直干到下午五六点钟,没有休息日。由于工作累,自己又想干好早一点儿做厨师,思想压力大,才导致精神崩溃。

没有办法,刘军只能离开新疆,回到家中。

刘军说:"家里太穷了,父母又迷信,我的病没有得到及时治疗,病情加重。等我去医院看病时,医生说我得的是精神分裂症,给我开了许多药,让我回家服用,病情才有所好转,但错过了最佳治疗期。自此,我落下了病根儿,就这样时好时坏。"

我开导说,科学证明,精神疾病都是聪明人才得,一般智商的人得不了这个病。

刘军一听乐了,他说:"对着呢,我们家里人也这样说,说我从小聪明着呢。"刘军扫了一眼微笑的妻子,"但我不这样看,要是我真聪明,咋没考上高中,没上大学?"

丁秀丹坐在一边,静静地听着,从不插话,但脸上一直微笑着。对于刘军的病情,我不敢谈更深入的话题。因为,从刘军看似正常的言行里,始终有一根细微得看不见摸不着的线,在牵动着刘军的敏感的神经。为了让刘军休息一下又不刺激他,我说:"你干了一上午活了,去休息一下吧。"刘军笑笑说:"不用,我不累。"说着,他又打了一个长长的哈欠,刘军睡眼蒙眬地冲我不好意思地笑着,两个酒窝有点儿俏皮。我说:"你去休息一会儿吧,我想和你媳妇单独聊聊。"刘军迟疑了一下,似乎明白了什么:"哦,是这样……那好吧。"

刘军站起来,又给我和段晶茶杯里续上水,然后走了出去。在他转身走出房间的那一刻,我心疼了一下,立刻后悔了,我不知道,我这样让他离开,会不会给他造成新的伤害。

刘军走后,我问丁秀丹:"你们是怎样走到一起的?"

丁秀丹笑着说:"我和刘军是他弟弟给介绍的。那时候,他弟弟在附近各村打零工,经常来我家,和我爸爸认识,就这样我们就熟悉起来。认识我之后,他弟弟说要把哥哥介绍给我。他说他哥哥是初中毕业。我们家共计七个孩子,孩子多,家里穷,我的哥哥姐姐和我都没有上学,只有弟弟妹妹上学了。我一点儿文化也没有。我长这么大,知道没有文化的难处,心想,找一个有文化的男人就行了,家里穷点儿,没啥,只要有文化,男人就不会打老婆,也能打工挣钱养家。就这样,我和刘军就见了第一面。我根本不知道刘军有这种病,只是觉得他长得还可以,看起来也老实本分,就同意了。他父亲和弟弟张罗着,我们就结婚了。"

"刘军家是20多年前从西吉移民到闽宁镇园艺村的，我家是十几年前自发移民来这里的，两家都属于最穷的家庭。想不到，结婚后40多天的一天，他突然发病了。当时我吓坏了。就在我们结婚后不长时间，我的小叔子也结婚了，他娶的是一个老师，他们自己谈的，要了很多彩礼。结婚后，弟媳总嫌家里穷，总是和公公婆婆闹意见。我老公看不过去，就生闷气，所以就犯病了。当他那天晚上发病后，我吓了一跳，整个人都傻了。他弟弟告诉我，他哥哥得这个病好几年了，要我不要怕，吃上药就好了。我知道后，心里很难受，感觉自己命不好。但在我们这里，老一辈人都说，嫁鸡随鸡，嫁狗随狗，如果闹离婚，会被村上人笑话的。"

丁秀丹说着，眼帘低垂，笑容第一次从她脸上消失，但只是一瞬间，微笑又回来了——即使是说苦日子，她的微笑也让人心醉。

"后来，为了让刘军少在大家庭里生气，我和刘军分家另过。自从分家后，刘军不再为弟媳生气，他的病慢慢有了好转。结婚后一年，我们有了大儿子，为了过日子，我和刘军没日没夜地干活儿，农村的活儿就是这样多，哪有轻松的活儿，都是苦活儿累活儿，整天泥一把水一把。但是，我很快就知道，这种病怕累，一累就犯病。为了少犯病，我干活儿时就多干些，尽量让他休息。还有，也不让他生气，直到现在也是这样，他想干就干，不干就随他。刚开始，家里挣的钱，大部分都给刘军买药吃了，后来又有了儿子，生活很难维持。政府精准扶贫，我们家被立为建档立卡户。其他补贴不说，这每个月的免费药就把我家救下了。"

我问丁秀丹："如果你当初知道刘军有病，还会嫁给他吗？"丁秀丹笑着说："那不会的。"

一旁听得入神的段晶问:"那你现在不觉得委屈吗?"

丁秀丹立即回答:"不觉得,我不会想那么多,这是缘分,也是命。我只是想着把今天的事情做好,明天的事情不去想。村里还有比我们更困难的家庭,很多是有病卧床的老人。人家都不怕,我们年轻,更不怕。有了大儿子后,就什么都不想了,现在又有了二儿……"

这时,西屋里传来孩子哭着喊妈妈的声音。丁秀丹听到哭声,赶紧站起来跑出去,在门口抱起两岁多的小儿子,笑着走进来。丁秀丹的小儿子长得虎头虎脑,头顶的头发剪成桃心状,像年画里的娃娃。

两岁多的小儿子认生,偎在妈妈怀里观察我们。

丁秀丹接着说:"家里这种情况,有一个孩子就行了,但老二又来了,这个孩子是个意外。既然来了,我也就生下来了,也好和哥哥有个伴儿。"丁秀丹说着,亲了亲怀里小儿子的脸,又用手一下一下地抚摩着孩子的头。此时的丁秀丹,满眼的慈爱。

"那你还生三胎吗?"

"不生了,再生还是男孩儿。"

"你怎么这么确定是男孩儿?"

丁秀丹朗声笑着说,她姊妹几个都是生三个男孩后才生女孩的。

我和段晶听后,都哈哈大笑起来。丁秀丹就是这样一个单纯、简单、善良、淳朴的母亲。

段晶说,丁秀丹目前给附近一家养牛专业户做饭,一个月2600多块钱。她每天早晨,给刘军和两个儿子做好中午饭才走。刘军在附近打工,回来后把饭热热,爷儿仨就吃饭。晚上给养牛场的工人做好饭，等工人吃完，她把一切收拾利落后，再回家给一家人做晚饭。这样算下来，丁秀丹每天要做五顿饭。

我问丁秀丹："你一天做这么多顿饭，不累不烦吗？"

丁秀丹笑着说："那烦啥嘛。"

简单的回答，让我内心肃然起敬。是啊，就是这朴素简单的回答，让生活的艰辛不再艰辛，让恼人的烦累，变得轻松。

丁秀丹说："刘军平时也在附近的葡萄园和工地打零工，只要不太累就行。今年疫情，大儿子不去学校，我们出去干活，就让10岁的大儿子在家看着弟弟。"

段晶晶担心地说："这么小的两个孩子，你们放心吗？"丁秀丹笑笑说："能行，不行咋办呢？"

话音未落，丁秀丹的大儿子领着四五个小孩子气喘吁吁地跑进屋来。

进来的几个孩子中有一个四五岁的女孩儿，头上梳着两个朝天辫，穿一件红色的半袖圆领衫，这发型让我想到了哪吒。自从一进屋起，女孩的神情一直是怯怯的，手里的雪糕也忘了吃。

丁秀丹说："这个女孩儿是小叔子的孩子，弟媳和小叔子三年前已经离婚——弟媳嫌小叔子不能挣大钱，又嫌小叔子没时间陪她。任性的弟媳辞了教师工作，丢下孩子独自去外地打工了。小叔子很苦闷，在家里没法待，也去外地打工了，这个孩子就由公公婆婆带着。"

丁秀丹一边说一边拉过这个女孩儿站在腿边。女孩儿依偎着大妈，一边一点儿一点儿地舔着雪糕，一边怯生生地看着我们。

我和段晶一时不知道该说什么。是啊，孩子是无法选择自己的父母的，但为人父母，最起码应该肩负起抚养和教育子女的责任。我不想指责丁秀丹的弟媳，因为婚姻的成败有各种原因，谁都有追求幸福的权利，但我想，追求幸福不能忘了自己的本分和责任，更不能把幸福建立在别人的痛苦之上……

看到丁秀丹对女孩爱抚的目光，我想，一个人的善良，一个人的胸怀，一个人的品格也许和文化没有多大关系。

我说："你担起了这个家庭的重担，你就是家里的顶梁柱了。"

丁秀丹向门外看了一眼说："我是包揽了家里大部分活儿，但这个家里，刘军才是顶梁柱。"丁秀丹笑着说，"他是天。男人嘛，才是天。"

我相信丁秀丹的每一句话。她在生活中没有豪言壮语，没有海誓山盟，更没有漂亮女人的矫情，有的只是善良的意愿，简单的理解。正是她的这种乐观处世的心态，才让她脸上时时有光彩和笑容，微笑的日子，就是幸福的日子。

这时我才仔细环视丁秀丹的小屋。一张双人床，床上的床单平整没有褶皱，两床被子叠成方形，形似豆腐块，豆腐块儿上面各蒙上一块盖布，一块盖布绣着两只小鹿在花丛中跳跃；另一块儿绣着一枝鲜艳的梅花，枝头两只喜鹊，好似在喳喳地叫。床头的墙上悬挂着丁秀丹和刘军结婚时的照片，刘军穿着一套天蓝色和白色相间的中式礼服，丁秀丹穿一件天蓝色的婚纱礼服，两个人相拥着，两只手握在一起；刘军抿着嘴，深深的酒窝，有些腼腆，丁秀丹幸福地微笑着。这张婚纱照挂了十多年，却一尘不染。

丁秀丹家的三间房是当年政府统一给移民盖的，小院子收拾得很干净。丁秀丹说，分家时，房子很破旧，后来都是一点儿一点儿地修补，才变成这样。

这时刘军走进屋来。我知道，离开屋子这段时间，他一直没有到西屋睡觉。他很想和睡醒的小儿子一起回到我们的谈话中，但碍于我的要求，他没有随小儿子进来，但我看到了他在门口的影子。他一直蹲在门口，尽管药力令他困倦，但他不想被排除在交谈之外。我们屋里的谈话，他听得一定很仔细。

大家重新围着茶几坐下来，刘军给我和段晶续上新水，又拿起自己油炸的馓子，硬塞在我们手里。

我说是不是小睡一会儿好多了，刘军没有正面回答。他说他吃了药就会犯困，脑子不好使，发木；不吃药，身上没劲儿，心里烦躁，睡不着觉，想出去走走。

我说，那好，我正想到院子里看看，段老师在屋里聊，你陪我转转。

院子里有一棵苹果树，花期刚过，鸽子蛋大小的苹果挂满枝头。

院子里太热了。我和刘军单独走进西屋。我注意看了一眼屋角一个酱釉矮罐儿。刘军立即说："老师您喜欢古董？这个罐子值多少钱？"我听后一愣，如此敏锐的观察力实属少见。我笑着说："这要看新老，如果够二三十年，能值一二百元呢。"刘军又问我："老师平时炒股吗？"我说："不会炒股，炒股需要聪明和定力，虽然你很聪明，但我不建议你玩这个。"

刘军说："医生也这样说，说我聪明。说我聪明才会得这样的病。"他把之前的话重复一遍，把"家里人"改成了"医生"。

我说："是的，就是因为你太聪明才会有这样的病，你想得太多，思想太复杂，你要学你爱人，简单地想问题。"刘军说："我聪明怎么没能考上大学呢？"说完，憨憨地笑了。我理解他这话背后的含义，因为，刘军的精神状况虽然在稳定期，但机警和敏感正是精神异常的表现。

这时刘军把门关上，门后一个小方凳上端放着一个陶泥小花盆。一株叫不上名字的草本绿植生机勃勃地伸展着长长的叶子。刘军蹲下身，一边端详着一边说："老师认识这个花吗？是兰花的一种，野生的。秀丹最喜欢，以前养不活，我连养三四年，终于养活了三盆，秀丹送给朋友两盆，我有些舍不得，但她愿意送就送吧。我是在网上查了资料知道怎么养了，开一种蓝色的小花，很好看……"

我没有插话，刘军仿佛忘了我在场，他有些自言自语。我突然很感动，这对乡下夫妻是有爱情的。

（节选自《石竹花开——闽宁镇的春天》，花城出版社2020年11月版）

山 村 巨 变

◎觉罗康林

第一节　外面的世界

套苏布台名声在外，它是一个"穷"出名的地方。

在伊犁，最穷的县是尼勒克；在尼勒克，最穷的乡是苏布台；在苏布台，最穷的村是套苏布台。

"苏布台"这个名字来源于蒙古语。成吉思汗子孙众多，他第十三个孙子的名字就叫苏布台。苏布台生前一直在这里驻守，他死后他的名字也就永远地留在了这片土地。"套"在哈萨克语里是山、山区的意思，"套苏布台"可以理解为山区苏布台或苏布台山区。

"套苏布台"这名不虚，我走进那里的第一印象，夸张一点儿讲，真的是"七沟八梁一面坡"。我到村委会门口，刚下车，就听见头顶传来隆隆的声响。抬头一看，发现一列火车正从头顶驶过！

没错，火车就是从我头顶上面过去的，一条十分壮观的铁路高架桥横跨在村委会办公室上空。

套苏布台驻村工作队队长、第一书记欧修成跟我开玩笑说，现在每天夜里要是听不到隆隆声，还睡不踏实呢。想当初，他刚来套苏布台驻村，头天晚上睡到半夜，突然感觉床在摇地在动，以为发生地震了，一骨碌从床上爬起来就要往外跑，这时隆隆声戛然而止，整个世界又恢复平静。他一下想起火车、想起横跨村委会上空的铁路高架桥，一个人坐在黑暗里自顾自地笑起来。

经过套苏布台村的是精伊霍铁路。这条铁路东起精河火车站，西至中哈边境口岸城市霍尔果斯市，全长286公里，于2004年11月22日动工修建。

说起来，这座铁路高架桥，还有整条铁路，对套苏布台村的影响，就跟欧修成初来乍到那天夜里的惊魂一刻一样，是一次前所未有的冲击。别误会，跟交通啊、出行啊没有太大关系，因为附近没有车站，套苏布台人要坐火车的话，还是要翻山越岭走很远很远的路。

其实，对套苏布台人产生深刻影响的是修建铁路的过程，当铁路修到家门口，村里的闲散劳力得到打短工的机会，第一次尝到打工挣钱的甜头。对于这个封闭落后的哈萨克族牧业村来说，这是一次现代文明与传统生活方式的有力碰撞。

套苏布台村地处偏远山区，这里的牧民除了传统畜牧业，也就是牧业生产收入，没有其他经济来源。一句话，他们只会放牧，只懂马牛羊，从没干过别的。当铁路修到家门口，村里一些闲散劳力试着去铁路工地打短工，一天居然就能挣到60块钱工资！那是在2004年，一天挣60块钱，一个月收入就将近2000块钱！

那个年代，对生活在深山里的牧民，一个月有1000多块将近2000块钱的收入，简直就跟做梦一样。

在套苏布台人的意识里，第一次有了打工挣钱的概念。

当时套苏布台村的人均收入只有1000多块钱。全村450多户人，建档立卡贫困户就占了三分之一，贫困人口约700人。

套苏布台村地貌属于山地丘陵，平均海拔2640米，干旱少雨，土地贫瘠，草场植被差，另外畜牧业生产受市场波动影响很大。如果将畜牧业作为套苏布台村主导产业，靠它振兴和发展套苏布台经济，别说让村民致富奔小康，能不能实现脱贫摘帽目标都是问题。

一直以来，从县里到乡里，对套苏布台村的发展大伤脑筋。

真可谓"山重水复疑无路，柳暗花明又一村"。铁路修到套苏布台，村民有了打工的机会，尤其那些建档立卡贫困户，一家只要出一个人去铁路工地帮忙，得到的报酬足以改变整个家庭的生活面貌，而且立竿见影。这件事给县里和乡里一个很大的启示。也正是这件事情，催生了套苏布台村以劳务输出为主导产业的发展思路。

关键一点，通过参与修建铁路，套苏布台村人认识到，除了他们祖祖辈辈坚守和赖以生存的传统牧业，原来还可以通过打工增加经济收入，改善生活。从这个角度来说，在铁路工地打短工这件事情的意义，比他们挣到手里的那些钱更加重要。因为，生活状况的改变，跟思想意识的转变相比较，当然是后者意义深远。也可以说，"打工挣钱"这件事，也是对哈萨克族牧民传统观念的一次挑战。

如果没有修铁路的经历，让套苏布台人相信外面世界更精彩，外出务工能够挣到更多的钱，你就是说破嘴，他们也不一定相信，更别说能够触动他们的心，让他们迈出走向外面世界的脚步。

铁路修建完了，对一些套苏布台人来说，这成为他们新生活的一个开端，从此走上了一条改变家庭经济状况以及个人命运的道路。当然，还有相当一部分人，翻过这一页，又回到了原来的生活状态。

套苏布台村发生根本性变化是从2012年开始的，这一年国家投到这个偏僻小山村的整村推进扶贫开发资金约有6000万元。

一直以来，套苏布台村牧民分散居住在山上，住的都是土坯房子，没水没电，很多地方连路都没有。现在的牧民集中安置点，也可以叫它套苏布台新村，基础建设十分完善，现代社会生活必需的，这里应有尽有。

以前有句口号叫"要想富，先修路"。同样道理，要脱贫也必须先修路。过去套苏布台村通往外界的路，我们暂且叫它"路"吧，就是土地上踩踏出来的一条痕迹，一年四季，差不多三个季节都走不成，一场雨过去，泥巴都能淹没到膝盖；冬天下雪，仅有的一条泥巴路也会被积雪掩埋，没法通行。这里唯一的交通工具就是马匹，进出只能骑马。

也是在2012年，一条柏油路从套苏布台村一直修到乡里，全长15公里。从此，套苏布台人外出再也不用骑马了。

扶贫脱贫这项工作，实际也是一个"摸着石头过河"的过程。自2012年苏布台乡将劳务输出作为套苏布台村脱贫攻坚的主导产业开始，全力推进落实，而且推进力度一年比一年大。同时，他们将劳务输出与发展畜牧业生产有机地结合起来，逐步形成了以劳务输出为主，劳务输出和畜牧养殖配套发展的经济结构。

因地制宜，因势利导。

这正是当地政府结合套苏布台村具体情况总结并大力推行的做法。

套苏布台村100%都是哈萨克族牧民，畜牧养殖是他们的传统，也是最熟悉和擅长的一种技能。实践证明，劳务输出和畜牧养殖结合发展这种模式，适合大多数套苏布台村家庭。这几年村里涌现出不少采用这种发展模式成功脱贫致富的家庭，巴哈吐尔逊·哈斯里家就是其中一例。以前，巴哈吐尔逊·哈斯里家非常穷，穷到什么程度，用一个词来形容很形象——家徒四壁。这样说一点儿不过分，因为他们家除了三间破旧的土坯房子，啥也没有，炕上铺的是多年前用自家羊毛擀制的羊毛毡子，没有一床像样的被褥。

巴哈吐尔逊一家五口人就生活在这样的环境里。

当年铁路修到套苏布台，巴哈吐尔逊也去铁路工地打过工，那是他平生第一次打工挣钱，也第一次靠体力劳动挣到那么多钱。这也正是他转变观念的一个契机，从小到大，他除了知道靠养牛养马养羊过活，不知道还能靠什么挣钱，从没想过，也不敢想。

有了铁路工地打工的经历，巴哈吐尔逊对外出打工这件事一点儿不排斥，当乡里村里动员村民报名外出务工时，他很踊跃，第一个报名参加，而且他还给老婆和儿子女儿报名，除了正在上学的小女儿，一家四口齐上阵。

短短几年，巴哈吐尔逊家的生活就发生了翻天覆地的变化。

他们住进了政府建的牧民安置点的新房子，接着他家又陆续领到政府发放的3头扶贫牛和10只扶贫羊。有了这个基础，在之后的几年里，巴哈吐尔逊就拿出打工挣来的钱购买牛羊，每年一两头牛三五只羊，几年过去家里就有了 11 头牛和 40 多只羊，可谓牛羊成群。

现在，巴哈吐尔逊儿子一个人外出打工，在乌鲁木齐一家物流公司上班，每月工资 3000 多元，一年也可以攒下一两万元。巴哈吐尔逊和妻子两人留在家里发展养殖。从前年开始，他们养殖的牛羊就开始陆续出栏了，每年卖掉一部分再繁殖一部分，已经形成了一种循环。去年牛羊价格好，卖牛卖羊收入比前年翻了一倍。

巴哈吐尔逊家的生活越来越好，而且没有任何负担。大女儿出嫁，小女儿在县里读高中，学费食宿费都由国家承担。他的目标是不久的将来变成一个养殖大户，给儿子娶媳妇，如果儿子愿意，就给他在乌鲁木齐买一套房子。

第二节　第一书记和他的亲戚们

套苏布台村"访惠聚"工作队队长、第一书记欧修成第一次到套苏布台村是 2001 年的事。从乡里到套苏布台大概 15 公里，不算远也不算近，关键那时候车子进不来，一条土路，跟没路差不多。要到套苏布台村，只能骑马。

欧修成至今还记得那次骑马进来的情形。他们准备下村的头一天才下过一场雨，山地深秋的风冷飕飕的。马在泥泞里深一脚浅一脚地艰难前行，屁股在马鞍上磨得生痛。他们早晨骑马从乡里出发，太阳到西天边的时候才走到村子里，走了差不多一整天时间。

那时候干部下村开展对口帮扶工作，提倡"三同"，就是跟村民同吃、同住、同劳动。

欧修成有一个笔记本，到现在他都保存着。本子里记录了从2001—2004年的三年里，他在套苏布台村走访调查的每一户村民的家庭状况，非常详细，事无巨细啥都记，比如哪家炕上铺的啥、炕上几床被褥、桌椅板凳有几个等。后来，2017年，他以"访惠聚"工作队队长、第一书记身份来到套苏布台村，在他随身携带的行李里，除了几件换洗衣服，还有那个笔记本。就是现在，他偶尔也会把它拿出来翻一翻。在他眼里，本子里记录的那些文字、数据等，就像一张张老照片，反映了十多年前套苏布台村村民生活状况真实的一面。

在他笔记本里有这么一页，有点儿特别，入户调查对象是村里一户极端贫困家庭，本子里除了家庭人口状况，啥也没记，只写了这样五个字：穷得裹毡子。

套苏布台是一个"穷"得出名的地方，不过，有些人家的实际状况，已超出了欧修成所能想象的程度。

"穷得裹毡子"是伊犁草原牧区流行的一句话，用来形容家徒四壁。毡子每个哈萨克族牧民家里都有，几只羊身上的毛剪下来就能擀制一块毡子，擀法也很简单，很多哈萨克族男女都会。

羊毛毡子铺炕上隔潮御寒，非常实用，而且易得。家里穷得只能裹毡子，那情形一定令人震撼。

从那时起，欧修成就暗下决心，一定要帮助这里的贫困人群改变生活面貌，过上好日子。

机会终于出现了。

2017年，欧修成被任命为伊犁州党委办公厅驻尼勒克苏布台乡套苏布台村"访惠聚"工作队队长、第一书记，进驻套苏布台村，从此他便开始了长达3年的牧区生活。他把自己全部的时间、精力和热情投到工作当中，去实践自己为农牧民创造美好生活的心愿。

几年前，他下村入户所做的调研摸底工作，好像是为几年后的驻村做铺垫；几年后，他下村入户要做的工作，变成了"真刀真枪"的实战，他要为全村450多户村民谋福利，他还要带领150多户贫困户脱贫摘帽。他感觉到了肩上担子的分量。

好在他对套苏布台村的情况了如指掌，无须做过多的准备，他很快便进入角色，撸起袖子开始干起来。

他心里明白，凡事应该大处着眼，小处着手。如果套苏布台村的扶贫工作是一盘棋，他要做的事应该是一个棋子一个棋子去移动。而且，他要首先移动那枚最难移动的棋子，只要把它盘活，其他棋子也就更容易移动了。

想好就去做。欧修成首先找到村里那个叫哈里木拉提的小伙子，他是出了名的老大难，家里穷得叮当响，照样天天睡懒觉，靠政府救济混日子。村里帮他找活儿，他活儿没干就先问人家要钱，不给钱就撂挑子走人。几年了，一直这样，谁都拿他没办法。

欧修成跑到哈里木拉提家找他。一进院子，他就发现这家的主人肯定是破罐子破摔的那种人，好好一套安居房，住成了牛棚，院子好像从没打扫过。哈里木拉提正好在家。两人见面，简单寒暄过后，欧修成就问他："你今年几岁？"

"30岁。"哈里木拉提回答。他低下头不看欧修成。

"我比你大，我是你哥哥。"欧修成说。

哈里木拉提没有吭声。他不知道这个新来的书记找他啥事。昨天邻居告诉他新书记来找过他，没说啥事。他觉得新书记这么严肃，肯定不会有好事。不管怎么样，他就是一张死牛皮，要割要剐随便吧。

"听到了吗？我是你哥哥！"欧修成提高声音说道。

"嗯。书记哥哥。"哈里木拉提支吾道。

"想学开车吗，大卡车？"

哈里木拉提抬眼看看欧修成，好像不相信自己刚才听到的话，问："啥？开汽车？"

欧修成朝他点点头。

"学开汽车人家要钱，我没有钱。"哈里木拉提又低下头去。

"钱的事你不用管。"欧修成说，"你想好，想好了来找我。不过先提醒你一下，学好了就去当司机，开车挣钱。如果半途而废，你知道啥叫半途而废吗？就是不好好干，那你必须把学开车的钱还给我。"

"好好好。"哈里木拉提一连说了几个"好"，显得很兴奋的样子。

之前欧修成从别人那儿了解过他，知道他有这个想法，因为没钱，一直没机会去参加驾训班。

欧修成这第一步棋走得很顺利。哈里木拉提去参加了驾训班，通过了考试，拿到了驾驶证，而且是 B 本。

欧修成把他介绍去了一家运输公司当司机，一个月工资 5000 多块钱。这个工作哈里木拉提干得很用心，再也没掉过链子。

开始的时候，欧修成主动要给哈里木拉提当哥哥，为了让他听自己的话。到了后来，哈里木拉提逢人就说欧书记是他亲哥哥，没有欧书记就没有他今天的工作、生活，还有一切的一切。

这件事让村里人都明白了一个道理，任何一张牛皮，无论它看起来有多糟糕，只要用心打理，都能做出一副上好的马鞍子。糟牛皮也能做马鞍子是草原牧区流行的一句话。

　　套苏布台村开展"民族团结一家亲"结亲戚活动。刚开始，欧修成心里还有顾虑。到时候对口支援单位的人到村民家里去住，不知道人家高兴不高兴、欢迎不欢迎，毕竟汉民族跟哈萨克族之间，语言不通，生活习惯也不一样，肯定不容易相处。结果发现，他完全多虑了，村民不但不排斥，还要抢着认亲。全村450多个家庭，每个家庭都分配一个亲戚，对口支援单位没那多人，村里还剩下十来个家庭没分配到。这下人家不愿意了，跑村委会来找欧修成，质问他为什么厚此薄彼，不给他们家分一个亲戚。

　　来找他的村民中就有巴哈吐尔逊，前面讲过他的故事，他和他老婆还有儿子女儿一家四口外出务工，没几年就摘掉贫困户的帽子，走上了致富之路。巴哈吐尔逊问欧修成："欧书记，我们邻居家有亲戚，我们家为啥没有？"

　　欧修成一下被问住了，不知道怎么回答。他支吾半天，干脆就说："我就是你们家亲戚呀。改天我就去你们家住。"

　　巴哈吐尔逊一听，书记做他们家亲戚，自然很满意了，乐呵呵地回家去了。

　　后面接连又来了八九个家庭，都是来找欧修成要亲戚的，他都一一答复人家，他就是他们的亲戚。就这样，他一人就在村子里认了十家亲戚。他这可不是一时冲动随便答应人家的，只要有空，他都会到这些亲戚家坐一坐，说说话，喝喝茶。

　　亲戚多了也有好处，有什么事，一吆喝，他这些亲戚争先恐后地响应，生怕拖了书记亲戚的后腿。

2020年3月初的一天，我打电话给欧修成，问他今年外出务工的事儿怎么样，会不会受疫情影响。

"昨天我们送走了100多个人，去奎屯了。接下来还有14个人去江苏打工，是县上组织的。另外还有70个人到铁路沿线干活，吉林台水电站也要去10个人，乌鲁木齐物流公司已经去了7个。就这样，这儿一批那儿几个，差不多200人有了。全村158户贫困户，只要保证户均有一个人出去务工，我们村的脱贫攻坚、巩固提升甚至奔小康都有保障。"

欧修成在电话里给我讲了一大堆，听得出来他对2020年的工作十分满意。尽管有疫情影响，套苏布台村外出务工的人数并没减少，这也就保证了每个家庭当年的收入不会减少。

2019年我去套苏布台村的时候，正值冬宰节期间，村里家家户户都在准备冬宰的牲畜。我问欧修成，2019年冬宰季村里有多少家庭宰马，他说具体数字不太清楚，几十户肯定有，2020年情况比2019年好，有条件宰马的家庭可能会更多。

冬宰是衡量牧区经济状况的一把尺，牧民的日子过得怎样，看他们在冬宰季宰啥就知道了。我为啥要问套苏布台村2019年有多少家庭宰马？因为，据我了解，就在几年以前，冬宰季宰马对套苏布台人来说简直就是一种奢望。现在，这个奢望已经变成了现实。

欧修成跟我说，他不仅要让套苏布台人现在有能力宰得起马，更要为他们在未来的每一个冬宰季宰得起马创造条件。这正是他带领套苏布台人努力想要实现的目标。